우리 사는 동안에
부에나도 ——— 지꺼져도

우리 사는 동안에
부에나도 ——— 지꺼져도

초판1쇄 2021년 12월 19일 **지은이** 오설자 **펴낸이** 한효정 **편집교정** 김정민 **기획** 박화목, 강문희 **디자인** 화목, 김수현 **마케팅** 안수경 **펴낸곳** 도서출판 푸른향기 **출판등록** 2004년 9월 16일 제 320-2004-54호 **주소** 서울 영등포구 선유로 43가길 24 104-1002 (07210) **이메일** prunbook@naver.com **전화번호** 02-2671-5663 **팩스** 02-2671-5662 **홈페이지** prunbook.com | facebook.com/prunbook | instagram.com/prunbook

ISBN 978-89-6782-152-4 03810
ⓒ 오설자, 2021, Printed in Korea

값 14,300원

이 도서는 한국출판문화산업진흥원의 '2021년출판콘텐츠창작지원사업'의 일환으로
국민체육진흥기금을 지원받아 제작되었습니다.

우리 사는 동안에
부에나도 ——— 지꺼져도

오설자 지음

푸른향기

사라지는 것들을 받아쓰고 싶습니다

휘파람 언어

청아한 산속 휘파람 소리가 아침을 깨웁니다. 티브이 화면에는 이국의 한 소녀가 손을 모으고 언덕을 향해 휘파람을 불고 있습니다.

"휫 휘 삐비비~." (에렌, 수학 숙제할 시간이야.)

언덕 계단에 축구공을 옆에 놓고 운동화 끈을 묶던 소년이 손가락을 입에 대고 새소리를 냅니다.

"휘잇 삐비비 비이~." (안 돼, 지금 축구 게임 해야 해.)

먼 곳에 있는 두 사람이 휘파람으로 대화를 하고 있습니다.

이곳 사람들은 '알았어, 갈게.' '빵 두 개 필요해요.' '헤이즐넛 따다 주실래요?' 같은 말들을 휘파람으로 전한다니 재미있고 낭만적입니다. 하지만 역사를 거슬러 올라가 보면 그렇게 낭만적이지만은 않습니다. 휘파람 언어는 험준한 터키 동부 지역에서 쓰던 언어인데, 산중에서 8킬로미터까지 전달된다고 합니다. 제1차 세계대전 당시 러시아군이 침략해 왔을 때, 휘파람으로 위험을 알려 모두 무사할 수 있었다고 합니다. 그처럼 위험스러운 상황을 주고받는 일종의 암호였는데, 점차 의사소통까지 하게 되었지요.

그런데 500년이나 이어온 이 언어가 중대한 위험에 빠졌습니다. 휴대폰이 급증하면서 새의 언어를 배우고 소통하는 기회가 줄어들어, 현재 그 언어 사용자가 약 1만 명 정도에 지나지 않는다고 합니다. 최근에 긴 급보호 인류무형문화유산으로 지정되어 '휘파람 언어 축제'도 열고, 학교 에서도 가르치며 언어 보존에 힘쓰고 있다고 합니다.

위기의 언어

지구상에서 현재 사용되는 언어는 약 4,000~6,000개 정도라고 합니 다. 지금 이 순간에도 어떤 언어는 사라지고 있고요. 휘파람 언어처럼 위 기에 빠진 언어가 우리에게도 있습니다. 바로 제주어랍니다. 훈민정음 창 제 당시에 28자였던 글자 중에서 반치음(ㅿ), 옛이응(ㆁ), 여린히읗(ㆆ)은 사라진 지 오래지만, 아직도 제주어에는 (유일하게) 당시의 고어 '아래아 (·)'와 '쌍아래아(··)'가 살아 있습니다.

2010년 유네스코에서는 '아주 심각한 위기에 처한 언어'로 제주어를 분류했습니다. 제주어가 이런 위기에 처한 것은 사람들이 일상 언어로 사용하지 않기 때문입니다. 사람들이 '말하지' 않는 언어가 어떻게 존재 할 수 있겠어요? 표준어가 일상어가 되다 보니 부모 세대에서 쓰던 귀한 언어가 잊히고 있습니다. 제주어가 사라지면 유일하게 남아 있는 훈민정 음 창제 당시 고어들이 영원히 사라지고 말 것입니다.

다행히도 고향에서는 제주어를 보존하려는 노력이 이어지고 있습니다. '문딱'모두, 'ᄇᄅᆷ코지'바람이 많은 곳, '목쿠실낭'멀구슬나무… 같은 제주어로 상호를 지어 사용하고, '제주어 생활수기 공모'나 '제주어 말하기 대회'도 열고, 학계와 일반 모두 힘을 합쳐 제주어 보존에 힘쓰고 있습니다. 지역

방송 '설문대 할망'은 30년째 제주어로 방송을 이어오고 있습니다. 참 고마운 일입니다.

말랑한 언어

정말이지 다른 고장 사람들은 제주어가 다른 세상 언어처럼 들립니다. 내 친구가 서울에 처음 왔을 때 일입니다. 전철을 타야 해서 골목에서 노는 아이에게 서울말로 물었습니다.

"애, 전철탕 가려면 어떵 가야 하니?"

아이는 '목욕탕'은 들어봤지만 '전철탕'이란 이상한 말은 들은 적이 없었습니다. 아이는 갸우뚱하고 친구를 올려다보며 천진스럽게 말했어요.
"전철탕이 뭐예요?"
그때야 친구는 '전철 타고 가려면 어떻게 가야 하니?'로 수정하여 말했고 '전철탕' 갈 수 있었습니다.
베랭이, 몰멩겨, 코풀레기, 간세다리, 귄닥사니 벗어져, ᄆᆞ지직허다, 과랑과랑허다…. 벌레, 야무지지 못하고 시원찮다, 코흘리개, 게으름쟁이, 정나미 떨어져, 강단이 있고 야무지다, 햇살이 아주 세다…. 도무지 의미를 유추해 볼 수 없는 말들입니다. 하지만 리드미컬한 언어입니다. ~멘, ~헨, ~런… 같이 말랑말랑하고, ~랑, ~방, ~왕… 같은 어미는 프랑스 말 같기도 합니다. 이 책을 읽다 보면 그런 말들이 어느 틈에 입에 척 붙어 있을 것입니다.

언어란 대중들이 사용할 때 비로소 생명력을 얻습니다. 광고, 영화와 드라마, 문학작품도 언어를 보존하는 큰 역할을 합니다. 백석, 정지용은 문학작품에 토속어를 차용함으로써 향토색 짙은 고유어를 보존하는 데 지대한 공헌을 했습니다. 독자들이 일상의 글 속에 스민 제주어를 만난다면 낯선 언어와 친숙해질 것 같았습니다. 사라지는 언어를 받아쓰며 고향의 언어가 생명을 이어가는 데 저도 ᄒᆞ끔조금 힘을 보태고 싶었습니다.

책을 읽는 동안 제주어가 재미있게 다가왔으면 좋겠습니다.
그러면 글쓴이로서 하영많이 지꺼질기쁠 것입니다.

"이레 옵서, ᄒᆞ디 읽어 보게 마씸."

이리 오세요, 같이 읽어 보아요.

차
례

3 늬영 나영너랑 나랑

4 흐근 생각온갖 생각

나가며 – 당신은 제주어를 살리셨습니다

일러두기

1. 아래아(·)는 'ㅗ'로 읽으면 됩니다.
2. 제주어 부분은 소리 내어 읽으면 이해하는 데 도움이 됩니다.
3. 같은 제주어도 지역마다 다르게 쓰는 말들이 있습니다.
4. 제주어로만 쓴 작품은 표준어로 다시 썼습니다.

1

부에나도 지꺼져도

화가 나도 기뻐도

즈들지 맙서.
살당 보민 조은 날 이실거우다.

걱정하지 마세요.
살다 보면 좋은 날 있겠지요.

다정한 말들

어떤 말은 오래도록 가슴에 남습니다. 입안에 굴리고 나면 나직이 입 밖으로 새어 나오곤 합니다. 손안에 쥔 듯 가만히 만져지는 말. 말랑해지고 마음이 따듯해지는 말. 고향의 언어에는 그런 말들이 있습니다.

노고록ᄒ다

여유롭다는 뜻을 가진 말입니다. '노고록'에는 편안함이 있습니다. 척박한 환경에서 살기 힘들다 보니 뭐든 아끼고 낭비하지 않는 ᄌ냥절약정신이 뿌리 내린 제주입니다. 하지만 노고록ᄒ 마음이 있었기에 서로 따스한 마음을 지킬 수 있었습니다.

엄마는 노고록ᄒ 것을 좋아했습니다. 노고록ᄒ 사람을 좋아하고 뭘 살 때도 노고록이 샀습니다. 음식도 부족하지 않게 노고록이 했습니다. 지슬 반찬도 노고록이, 자리국도 노고록이 끓였습니다. 저녁때가 되면 동네 삼춘이제주에서는 삼춘을 포함하여 동네 어른들을 모두 삼촌이라고 부릅니다. 우리 집에 왔습니다. 엄마는 아예 그분을 위해 숟가락을 매일 올려놓았습니다.

'노고록'에는 인심 좋은 마음이 들어 있습니다. 꽤참께 한 뒷박뒷박을 빌리러 온 삼촌에게 뒷박 위를 싹싹 깎지 않고 노고록이 담아주었습니다.

성질이 노고록ᄒᆞᆫ 사람은 서두르지 않고, 여간해서 짜증 내지 않습니다. 노고록ᄒᆞᆫ 마음이 있으면 화가 날 상황도 너그러운 마음으로 넘길 여유가 있습니다. 노고록ᄒᆞᆫ 마음은 갸팍하고 예민한 마음을 누를 수 있습니다. 모두에게 노고록ᄒᆞᆫ 마음이 있다면 층간 소음 때문에 일가족을 해쳤다는 끔찍한 사건은 없을지도 모릅니다.

'노고록ᄒᆞ다'

소리 내어 읽으면 올라오던 마음이 느긋해지곤 합니다. 노고록ᄒᆞᆫ 마음. 그런 성정을 닮고 싶습니다.

몰랑몰랑

'말랑말랑'에 가까운 말입니다. '물렁물렁'보다 더 탱탱하고 사랑스런 느낌이 납니다. 굳이 물렁한 정도를 비교한다면 '탱글탱글 〈 몰랑몰랑 〈 물랑물랑 〈 물락' 정도랄까요. 몰랑몰랑. 손으로 자꾸 만지고 싶은 말입니다. 통통하게 살이 오른 아기를 만질 때 딱 어울리는 말입니다. 막 찐 호빵을 자꾸 손으로 누르면 손끝에 닿은 몰랑몰랑한 느낌은 마음까지 몰랑하게 만듭니다. 자꾸 만지지 말라는 할망 ᄌᆞ다니잔소리가 들리는 듯합니다.

"자꾸 문직지 말라 물랑해진다."

벵삭이

방긋이 웃는 모습입니다. '벵삭벵삭'은 방긋방긋 웃는 것을 말합니다. '방긋이'라는 말로는 '벵삭이'에 들어 있는 기쁨과 만족감을 다 드러내지 못합니다. '벵삭이'는 오히려 '배시시'에 가까운 웃음입니다. '배시시'에는 부끄러움이 포함되어 있지만 '벵삭이'에는 만족과 기쁨이 들어 있습니다.

'벵삭이'는 천천히 웃는 웃음입니다. 입꼬리가 서서히 올라가며 입술이 조금씩 벌어지는 웃음입니다. 소리 없이 웃지만, 하하호호 웃음보다 더 기쁨이 깊은 웃음입니다. 지꺼지면 벵삭이 웃음이 나옵니다.

몸살기가 있다는 말을 듣고 종류별로 죽을 사서 검은 봉다리봉지에 들고 온 그를 보고 벵삭이 웃음이 나왔습니다. 날마다 벵삭이 웃어지민 얼마나 좋을까요.

베옥이다

'베옥이다'는 닫히거나 덮인 것을 약간 틈나게 연다는 뜻입니다. 베옥이다에는 조심스러운 행동이 숨어 있습니다. 열다, 벌리다는 베옥이다에 비해 그 크기가 다르고 다소 난폭하게 느껴집니다. '문을 베옥이고'는 문을 조금만 열었다는 의미입니다. 보일까 말까 한 문틈. 머리카락 몇 가올, 옷깃이 조금 새어 나올 틈이 '베옥이'입니다. '베옥이'라는 말속에는 조심스럽고 작은 움직임이 숨어 있습니다. 베옥이다는 은밀하기조차 합니다.

눈 온 날, 마당에 눈 위에 노란 좁쌀을 뿌려 놓고 글채삼태기를 엎고 작은 막대기를 받쳐 베옥여 놓습니다. 그 틈으로 생이참새들이 들어가 좁쌀을 조사쪼아먹고 있습니다. 어린 우리는 방문을 베옥이고 막대기에 묶인 실을 잡아당길 기회를 엿봅니다. 생이가 여러 마리 들어오면 '확' 실을 잡아당깁니다. 막대기가 빠지면서 글채 안에 생이들이 갇히고 맙니다. 그 와중에도 잽싼 생이는 베옥인 틈으로 빠져나갑니다. 재수 좋은 생이는 포릉포릉 날아갑니다.

보그락하다

싹이나 작고 보드라운 물체가 한 곳에 많이 모여 있는 모습을 말합니다. 보그락흔 털목도리를 두를 때, 형님네 포메라니안 흰 강생이강아지의 보그락흔 등을 쓸어줄 때, 가을 햇살에 부풀어 오른 보그락흔 이불을 덮을 때, 한없이 포근해집니다.

어머님이 키운 세우리부추가 담 아래 하얗게 꽃을 피웠습니다. 세우리꽃을 꺾어 형님이 꽃다발을 만들어 거실에 꽂았다고 하더군요. 세우리꽃이 그리 예쁜 줄 몰랐다면서 꽃다발 사진을 보여줍니다. 안개꽃 한 다발이네요.

꽃을 베어낸 자리에 다시 어린 세우리가 복삭 돋아났습니다. 그

모습이 보그락해 보입니다. 세우리를 키우신 분은 이 세상에 안 계시지만 세우리는 담 아래 초록초록 돋아나 어랑졌습니다. 바람에 살랑이는 어린 세우리를 잘라 씀씀 썰어 동그랑땡에도 놓고 새우전에도 넣었습니다. 명절 상에 올린 그것을 어머님 아버님도 틀림없이 맛나게 드셨을 것입니다.

수왁수왁

과일이나 과자를 와삭와삭 베어 무는 소리입니다. 서걱이다와 비슷하지만 수왁수왁은 물이 많은 과육을 아삭아삭 씹는 소리에 더 어울립니다. 수박을 먹을 때 이런 소리가 납니다. 들리지 않습니까? 수왁수왁 수박을 깨무는 소리.

우영팟듸텃밭에 익은 수박을 따서 백중날 바당에 갔습니다. 하루 종일 과랑과랑쨍쨍한 햇살 아래 절파도을 타다가 산물용천수에 담가 둔 수박을 먹곤 했습니다. 수왁수왁 급하게 깨물면 수박 물이 줄줄 흘렀습니다. 빨리 바당으로 들어가 절을 타며 놀고 싶었거든요. 수왁수왁에는 바당 소리가 납니다. 여름이 들어 있는 말. 수왁수왁.

슬째기

'살짝이'라는 뜻입니다. 슬째기에는 살짝이보다 더 조심스럽고

소리 없이 움직이는 모습이 보입니다. 슬째기 연인에게 다가가 뒤춤에 감춘 꽃다발을 내밉니다. 연인은 뱅삭이 웃습니다. 아이가 엄마에게 슬째기 다가가 눈을 가립니다. 작은 손가락 사이로 뱅삭이 웃습니다. 아버님이 방문을 열고 어머님 머리맡에 동고리사탕를 놓아 줄 때도 슬째기 넣어줍니다.

슬째기에는 부끄러움과 낭만과 사랑이 녹아 있습니다. 슬째기를 소리 내어 읽으면 간지러운 듯 부치러운 부끄러운 마음이 되곤 합니다.

늦은 밤까지 동네 친구들과 달빛 아래서 곱을락 숨바꼭질하며 놀다가 슬째기 방문을 열고 이불속으로 숨어듭니다. 어느새 잠이 들고 몸질 하느라 이불을 차 버린 아이 위로 엄마가 이불을 슬째기 덮어 줍니다. 슬째기에는 조심스러움이 있고 배려하는 마음이 있습니다.

스그락

까칠하다와 비슷하지만 '스그락'과는 결이 다릅니다. '까칠하다'가 베옷에서 느끼는 감촉이라면, '스그락'은 얇은 아사면에서 느껴지는 스침이랄까요. 햇살에 잘 마른 이불을 덮을 때. 살갗에 닿는 부드러우면서 살가운 느낌이 살아 있는 말입니다. 볕이 좋은 날 돌담에 이불을 내어 널었다가 햇살 품은 이불을 덮으면 온몸으로 스그락한 기운이 들어옵니다. 얼굴까지 이불을 끌어 올리면 그대로 코소롱 흔 고소한 꿈속으로 데려가는 말입니다.

어랑어랑

  나뭇잎이나 상추 같은 것이 야들야들하고 윤이 나는 모양을 뜻합니다. 봄이 오면 온 산천에 연두가 가득합니다. 새로 돋아난 이 파리가 햇살에 투명하게 반짝이고 어느 잎 하나 어랑지지 않은 것이 없습니다. 연두연두하고 야들야들하고 어랑어랑한 잎을 뜯어 무쳐 먹어도 될 듯합니다. 어랑어랑한 잎으로 뒤덮인 나무를 보고 있으면 그렇게 마음도 순해지고 야들야들하고 반짝이며 어랑어랑해집니다.

  엄마가 된장국을 끓이는 아침. 아버지가 우영팟듸서 어랑진 애기ᄂᆞᆷ배추을 뜯어와 수돗물에 씻어 소쿠리에 얹어 줬습니다. 끓는 물에 퐁당 어랑진 그것을 넣고 된장국을 끓였습니다. 어랑진 ᄂᆞᆷ물을 놓고 끓인 국에는 사랑이 녹아 있습니다.

여름의 조각들

모기장

여름이면 마당에서 자곤 했습니다. 멍석을 깔고 그 위에 초석을 펴고 요를 깔고, 모기장 안에 누우면 천국이 따로 없었습니다.

별들이 가까웠습니다. 하늘 가운데로 흐르는 은하수를 넋을 놓고 보면 어느 순간 별들이 모기장 위로 내려왔습니다. 저리 흐르다 잠든 우리 위로 쏟아져 온몸을 반짝이로 적실 것만 같았습니다. 우리는 모기장 안에서 춤웨또레기끝물참외를 먹기도 했습니다. "푸른 하늘 은하수 ~"를 부르다가, 즈글리고간지럽히고 뒹굴며 장난치고 밖으로 들락거리다가 기어이 엄마 즌다니를 듣고 말았습니다.

"자꾸 경 모기장 들락이지 말라게. 모기 들어왐시네."

모기장 안에 누워 아버지가 해주는 이야기를 들었습니다. 매번 들었던 이야기인데도 언제나 재미있었습니다. 흰 구슬, 빨간 구슬, 파란 구슬이 나오다가, 이야기를 좋아하던 도령이 나오다가,

삼천갑자 동방삭이 나오다가…. 아버지 목소리를 들으며 상상 속으로 빠져들고, 그러다 스르르 잠이 들었는데…. 꿈속에서 모험을 겪으며 몸이 움찔거리기도 했는데….

수박

백중날 우리 가족은 먹을 것과 수박을 들고 화순 바당이나 사계 바당으로 소풍을 갔습니다. 부모님도 그날만큼은 농사일에서 놓여 났지요. 트위스트 추듯 발로 모래를 파 조개도 잡고, 바닷물이 드나드는 돌에 다닥다닥 붙은 보말도 잡았습니다. 저녁에 삶아서 옷핀으로 콕 찔러 뱅글 돌려 빼먹을 것들입니다. 우리는 바당에 뛰어들어 헤엄도 치고 실컷 절타기를 했습니다. 차가운 산물에 담가 놓았던 수박을 썰어 와삭 한입 가득 깨물면 심장이 쫄깃해졌지요. 머리에 묻은 바당물이 뚝뚝 떨어져 짠물과 단물이 수박과 함께 섞이곤 했습니다. 이빨 자국 내며 수왁수왁 수박을 잘라먹고 다시 바다로 뛰어들었습니다. 놀다 보면 입으로 들어온 바당물을 왈칵 삼키기도 했습니다. 하루 종일 놀다가 집으로 올 때, 수박만큼 발갛게 익은 얼굴에 노을이 물들었습니다.

세월이 흘러 20년 만의 더위라고 요란했던 해에 태어난 아들은 살이 많은 몸에 왕방울 뜸띠기땀띠가 돋았습니다. 그해 아이들은 작은 집 현관에 둥근 수영장 튜브를 펴고 하루 종일 물놀이를 했지요. 물안경을 쓰고 장난감 물고기를 잡고 오리 인형을 물속에 담가 뽀로록 거품을 내는 아이들을 보며 나는 세상에 부러울 것이 없었습니다. 아이들은 놀다가 벗은 채로 수박을 먹었고요. 아기 가슴을 타고 베또롱배꼽으로 흐르는 수박 물이 통통한 살에 분홍빛으로 반짝였습니다.

가끔 엄마는 입맛이 없을 때, 밥과 함께 수박으로 국을 대신하곤 했습니다. 입맛은 대물림되는지 어느 순간 나도 수박에 밥을 먹곤 합니다.

소나기

비가 엄청나게 쏟아졌어요. 수업이 끝나자 부모님들이 우산을 가지고 왔지만, 집이 먼 나에겐 아무도 우산을 가져오지 않았습니다. 부모와 나란히 우산을 쓰고 교문을 나서는 친구들의 뒷모습을 바라보며 기다렸지만 끝내 아무도 오지 않았습니다. 친구들이 같이 가자고 했지만, 나는 한참 동안 서 있었습니다.

책보로 머리를 가리고 뛰다가 사거리 폭낭팽나무 옆 창고 벽에 기대섰습니다. 빗물이 끊임없이 흘러내리는 처마 밑에 서서 낙숫물에 부글레기거품가 생기고, 속절없이 꺼지고, 파문이 생기는 것을 우두겡이우두커니 서서 보고 있었습니다. 비는 그칠 줄 몰랐고, 그냥 비를 맞기로 하고 천천히 걸었지요. 빗방울이 얼굴에 부딪치며 온몸으로 흘러들었고, 슬픔 같은 것이 가슴속에 고였지만 이상하게 후련했습니다.

우리 집 가는 길. 고인 물에 신발을 벗고 들어가 미친 듯이 찰방거렸습니다. 그리스인 조르바가 추는 춤이 그랬을 거예요. 빗물

이 더 이상 느껴지지 않았습니다. 해방감이었을까요. 가슴속이 느
슨해지고 발바닥을 간지럽히며 스러지는 잔디의 촉감이 스며들었
습니다. 온몸은 비에 젖었고 얼굴을 때리는 빗방울의 기분 좋은
리듬에 맞춰 그렇게 오솔길에서 혼자 생난리를 쳤지요.

마당에 들어서니 엄마가 누웠다가 일어나셨습니다. 나는 젖은
가방을 들고 마당에 우뚝 서 있었어요. 일부러 비를 맞으며. 엄마
가 많이 미안해하라고. 일종의 시위였지요. 아파서 우산을 못 가
져다주었다면서 옷을 갈아입게 했습니다.

마른 옷이 피부에 닿아 스그락했지만 여전히 마음은 무거웠습
니다. 마루 끝에 앉아 유지낭유자나무 이파리들이 바람에 뒈싸지는
뒤집어지는 것을 오래 바라봤습니다. 쏟아지는 빗방울 따라 멀리 시
선을 보내면 아득히 먼 세상으로 떠나가는 기분이 들곤 했습니다.
어쩐지 슬프고 외톨이 같은 생각. 열한 살 여름 소나기. 막 사춘기
가 시작되고 있었습니다.

흉터

국민학교 6학년 여름방학에 외삼촌댁에 갔습니다. 엄마가 사
준 새 원피스를 입고 여섯 살 남동생과 함께 광주로 갔습니다. 외
삼촌은 대학병원에서 레지던트로 근무할 때였고, 외할머니도 그곳
에 가서 살고 있었습니다.

삼촌이 출근하고 방학 숙제를 하다가 우연히 녹음기를 알게 되
었습니다. 테이프를 끼우고 녹음 버튼을 눌러 노래도 부르고 역할

놀이도 하고 아무 말이나 막 하면서 깔깔거렸습니다. 우리 목소리가 그 기계에 새겨지는 것이 너무나 신기했습니다. 방금 지난 과거와 현재를 오락가락하며 시간이 가는 줄 몰랐지요.

"우리 녹음 헐락 허게. 그리고 놀았어?"

퇴근한 삼촌이 녹음한 말을 흉내 내면서 웃었습니다. 창피하고 쑥스러웠습니다.

숙모와 시장에 같이 갈 때면 할머니가 힘들게 한다고 나에게 하소연하곤 했습니다. 어린 아들 둘과 조카 둘까지 돌보고 시어머니 삼시 세끼 챙기랴, 말은 잘 통하지 않지, 그 더운 여름에 엄청 고생하셨을 거예요. 얼굴이 굳은 할머니는 며느리에게 식사 때마다 불평하셨습니다.

"이 셍성은 무사 영 늘렛내 남시니? 가지도 슬짝 볶아사주 무사 영 물싹해싱구라⋯."

생선이 비린내가 난다는 둥, 가지도 물컹해졌다는 둥, 그렇게 많은 반찬에 요리 솜씨도 장인 못지않았는데, 할머니는 왜 그리 페랍게까탈스럽게 구는지 의아했습니다. 며느리가 제주 여자가 아니라서 그랬을까요. 내가 알던 인자한 모습과는 딴판인 할머니를 보고 흠이 생기고 말았습니다.

어느 날 아침, 세수하다가 내 종아리가 연탄 화덕에 닿고 말았습니다. 살짝 닿았지만, 상처가 깊었습니다. 삼촌이 근무하는 병원에 가서 드레싱을 하는데 3도 화상이라는 말을 들었습니다. 바셀린 거즈를 집에 가지고 와서 오래 치료해야 했지요. 몸에도 마음에도 흉터를 남긴 그해 여름방학. 여름이면 녹음기처럼 재생되곤 합니다.

재열매미

새벽부터 재열 소리가 자지러지네요. 옛날처럼 맴맴매~~~앰 길게 짧게 끊어지는 다정한 소리가 아닙니다. 요즘 재열은 고속도로를 달리는 차들이 경적 소리를 내듯 샤우팅 수준입니다. 한 계절 신나게 소리치려고 7년을 땅속에서 기다린 그들의 인고를 생각하면 그악스러운 소리도 참아주는 게 맞습니다. 실컷 떼울르고 외치고 가거라. 얼마든지 들어주마.

오빠가 재열을 잡아 날개 하나는 떼어내고 실에 묶어 주면 동생은 살아 있는 장난감을 가지고 놀곤 했습니다. 재열은 포륵포륵 날아올랐지만, 한 장의 날개로는 힘겨워 보였어요. 날아도 날지 못하는 공포에 젖은 두 눈. 그렇게 시커멍헌새까만 두 눈.

1학년 아이들이 운동장에서 놀다가 매미를 잡았다고 소리치며 뛰어 들어왔습니다. 발갛게 익은 얼굴에 흥분으로 눈빛이 반짝였습니다. 아이들이 운동장 가에 있는 나무에 매달린 매미 허물을 발견한 것이었어요. 상원이가 두 손바닥 가득 매미 허물을 감싸고 와 내 코앞에 내밀었습니다. 금방 바스러질 듯한 그것은 등이 벌어져 있었어요. 몸체가 빠져나간 자리겠지요.

"선생님, 매미 다섯 마리예요. 귀엽죠?"

"그래, 세상에나, 완전 귀엽구나."

"매미로 일기 써도 돼요?"

"그럼, 되고말고."

어디서 나타났는지 유식한 다정이가 아이들에게 매미의 일생을 읊어주었습니다. 상원이는 그것이 매미가 남기고 간 흔적임을 새로 알았고요.

다음 날, 아이는 매미 허물 그림을 그리고 매미가 옷을 버리고 떠났다고 일기에 써왔습니다. 옷을 벗은 매미가 춥지는 않을지 걱정하는 마음을 읽으며 맑아지던 날들이 있었습니다.

여름 같은 아이들. 재열 우는 소리 속에 아이들 웃음소리가 들어 있습니다.

1학년 아이들이 그리워집니다.

콩잎

콩잎은 나에게 특별한 여름 음식입니다. 여름 햇살이 뜨거워지면 콩잎을 따서 삼겹살에 싸 먹습니다. 털이 보송한 세 잎씩 붙은 콩잎 위에 노릇노릇 구운 삼겹살 한 조각을 놓고 자리젓자리돔젓이나 멜젓멸치젓을 얹어 입안에 넣으면! 고소한 고기와 비릿한 콩 냄새가 어우러진 베지근한기름기가 도는 고소한 맛! 환상의 맛입니다.

어느 해 콩잎이 먹고 싶다는 딸의 전화를 받고, 아버지는 뙤약볕을 맞으며 여린 콩잎만 골라 따 한 상자 보내셨습니다. 어서 씻어 먹을 생각에 침을 삼키며 상자를 열었는데….

딸을 사랑하는 마음이 너무 컸던 걸까요. 신문지에 켜켜이 싼 콩잎. 상자에 꽉 채운 콩잎. 서울로 오는 동안 팔월의 더위를 견뎌내지 못하고 그만 모두 물러버린 거예요. 한 잎도 성한 것이 없이 물싹물컹해버린 그 많은 콩잎. 아버지가 일일이 굽어 땄을 그 콩잎.

"연헌 걸로만 땅 보내시난 맛좋게 먹으라."

전화 속에 들리는 아버지 목소리. 잘 먹겠다고 전할 수밖에 없었지요. 그 여름의 콩잎.

여름을 만질 때

찬물에 국수사리를 씻어 얼음을 띄워 콩국수를 만들 때. 흐르는 물에 복숭아 잔털을 씻어내면서 여름을 만집니다. 어머님이 좋아하시던 물싹한물렁한 황도 복숭아. 벌초에 갈 때마다 복숭아 한 상자씩 들고 가 친정에도 시댁에도 드리곤 했는데. 복숭아는 다시 물싹하게 익었지만, 이제는 복숭아를 드실 어머님이 안 계십니다.

종아리에 하얗게 드러났던 흉터도 희미해지고 새 살이 돋는 것처럼, 어떤 것들은 잊히고 그 자리에 새로운 이야기들이 돋아납니다. 이 여름 힘들지만 지나고 나면 또 그리운 추억이 될 것입니다. 그해 여름 대단했지, 우리는 날마다 새벽 강바람을 맞으러 갔지. 강바람이 여름을 넘기게 했어, 하면서 또 하나의 여름 조각을 새길 것입니다. 산책길에는 수크령이 가득합니다. 벌써 가을이 밀려오고 있네요.

우리 사는 동안에 부에나도 지꺼져도

엄마가 느량 곧던 말씀

(우리 엄마 나 키울 때, 딸 하나 이신 거
버릇 어신 아이 되카부댕
이추룩 フ르쳤지요.)

앚을 땐 가달 벌령 앚지 말곡
음식 먹을 땐 소리 내멍 와작와작 씹지 말곡
어른들 보민 곱닥이 절 허곡
물건 놓을 땐 슬째기 노콕
문지방 ㅂ르지 말곡
문 덕글 때 소리 내지 말곡
양발 벗으민 ㄴ뒈쌍 노콕
음식 내 놓을 땐 젭시에 새로 담앙 노콕
방 닦을 땐 구석꼬지 ㄱ콜허게 닦으라
하근거 문드리지 말곡
뭐하나 헐 땐 정성을 다 허라.

(마래 밥상 앞이 앉으민

느량 ㄹ던 말씀이 공부허렝 그 소리)

얼굴이 뺀쪼롱허지 않으민 공부라도 잘 해사 된다

궤기 멍청헌 거는 꿩이나 먹주마는

사름 멍청헌 건 해볼레기 어서

공부허민 욕심내영 악착ㄱ찌 1등 해사주

ㅎ곤 잘 키우젱 이추룩 죽금살금 최선을 다 헴신디

게므로사 못 허크냐

난 이, 어멍이 공부시켜줘시민 영 안 살암실거여

대통령이라도 해실 거여

변호사 사무실 가난 이,

아지망 ㅊ말 똑똑허우다, 허멍 볼나우어시 칭찬허더라게

공부도 다 때가 이신 디

공부 못 헌거 ㅎ어시 포원정 이,

새끼들은 허는디ㄲ지 시키쟁 했주게.

(우리 할망 무사 엄마 공부 안 시켜싱고

우리 집안에 대통령 나올 뻔 해신디

경해시민 우린 대통령 자식 되엉

청와대에서 떵떵거리멍 살아실 건디.)

농사 지스멍 살 생각 허지 말라

사름 사는 거 밥만 먹엉 살아지느냐

우리 사는 동안에 부에나도 지꺼져도

사는 것추룩 살아사주

(우리 엄마 나 연애할 때 경 말리더니
눈에 흙 들어가기 전엔 허락 못 허켕허당
결혼하기 전날 나 앚혀 놩 골읍디다.)

집안이 잘 되쟁 허민
여자가 잘 들어와사 된뎅 헌다
어른들 잘 모시곡
우알에 붙엉 슬피멍 살아사 된다
싸와져도 뜬 이불에 자민 안 된다
꼭 フ찌 자산다
경해도 살당 살당 못 살민 아기 낳기 전에 갈라사라
ᄒᆞ루 이틀도 아니곡
팽생을 ᄆᆞ음에 없는 사름이영 사는 거
지옥이 딴 거가, 그게 지옥이여.

(아기 봐 주래 시어멍 서울 온뎅허난
우리 엄마 사위 손 심엉 다짐을 노읍디다.)

ᄌᆞᆽ긋디서 니 강서방이 역할 잘 해사 된다
어멍 앞이선 어멍 펜벡들당도
각시 앞이선 각시 펜벡들어사 헌다
서방 ᄒᆞ나 믿엉 사는 게 각시여.

(아이들 수능이다 수시다 헐 때
새벽기도 댕기젠 허난 푸석해진
내 얼굴 볼 때마다 글읍디다.)

사름 들앙 일 시키곡
마싸지도 허곡 펜안허게 살아사 된다.
난 ㅎ썰만 절머시민 다 헹 살 건디….

부모 마음은
딱 ㅎ가지여
자식덜 잘 되능거 그거 ㅎ나여.

엄마가 늘 하던 말씀

(우리 엄마 나 키울 때, 딸 하나 있는 거
버릇없는 아이 될까 봐
이렇게 가르쳤지요.)

의자에 앉을 땐 다리 벌려 앉지 말고
음식 소리 내면서 와작와작 씹지 말고
어른들 보면 곱게 절하고
물건을 놓을 땐 살짝 놓고
문지방 밟지 말고
문 닫을 땐 소리 내지 말고
양말 벗으면 뒤집지 말고
음식 내어놓을 땐 접시에 새로 담아 놓고
방 닦을 땐 구석까지 깨끗하게 닦으라
별별거 잃어버리지 말고
뭐하나 할 때는 정성을 다해라.

(마루 밥상 앞에 앉으면
늘 하던 말씀이 공부하라는 그 소리)

얼굴이 반반하지 않으면 공부라도 잘해야 된다.
고기 멍청한 것은 구워나 먹지만
사람 멍청한 것은 어찌해볼 나위가 없어.
공부하면 욕심내서 악착같이 1등 해야지.
어떡하든 잘 키우려 이렇게 죽기 살기로 최선을 다하는데
아무려면 못 하겠니.
나는 어머니가 공부시켜줬으면 이렇게 살고 있지 않을 거야.
대통령이라도 했을 거야.
변호사 사무실 갔을 때
아주머니 정말 똑똑하시네요, 하면서 엄청 칭찬하더라.

공부도 다 때가 있는데
공부 못 한 게 한없이 한이 되어
새끼들은 하는 데까지 시켜주려 했지.

(우리 할머니 왜 엄마 공부 안 시켰을까.
우리 집안에 대통령 나올 뻔했는데
그랬다면 우린 대통령 자식 되어서
청와대에서 떵떵거리며 살았을 건데.)

농사지으며 살 생각 하지 마라.
사람 사는 거 밥만 먹고 살아지겠니.

사는 것처럼 살아야지.

(우리 엄마 내가 연애할 때 그리 말리시더니
눈에 흙 들어가기 전엔 허락 못 한다더니
결혼하기 전날 나를 앉혀 놓고 말씀하십니다.)

집안이 잘되려면
여자가 잘 들어와야 한다고 해.
어른들 잘 모시고
손위 손아래 사이좋게 사귀고 살피면서 살아야 해.
싸워도 다른 이불에 자면 안 된다.
꼭 같이 자야 한다.
그래도 살다 살다 못 살면 아기 낳기 전에 헤어져라.
하루 이틀도 아니고
평생을 마음에 없는 사람과 사는 거
지옥이 딴 거니 그게 지옥이지.

(아기 봐주러 시어머니가 서울 온다는 말에
우리 엄마 사위 손잡고 다짐을 놓습니다.)

곁에서 강서방 자네가 역할 잘 해야 된다.
어머니 앞에선 어머니 편 들어드리다가도
아내 앞에서는 아내 편을 들어야 한다.
남편 하나 믿고 사는 게 아내야.

(아이들 수능이다 수시다 새벽기도 다니느라
까칠해진 내 얼굴 보고 엄마가 이르십니다.)

사람 데려서 일 시키고
마사지도 하고 편안하게 살아야 된다.
난 조금만 젊었으면 다 하고 살 건데….

부모 마음은 딱 한 가지야.
자식들 잘 되는 거 그거 하나야.

지나간 것들은 그리운 풍경이다

해가 좋은 한낮, 베란다에 빨래를 털어 널고 있습니다. 비누 향기가 날아오릅니다. 문틈으로 들어온 바람에 흔들리는 흰 커튼이 볼록하게 커졌다 작아집니다. 고요한 거실에 새어드는 빨래 냄새를 맡으며 시 한 편을 읽고 있습니다.

햇빛이 '바리움'처럼 쏟아지는 한낮, 한 여자가 빨래를 널고 있다. 그 여자는 위험스레 지붕 끝을 걷고 있다. 런닝 셔츠를 탁탁 널어 허공에 쓰윽 문대기도 한다. 여기서 보니 허공과 그 여자는 무척 가까워 보인다.
                                   …
그 여자는 이제 아기 원피스를 넌다. 무용수처럼 발끝을 곧추세워서서 허공에 탁탁 털어 빨랫줄에 건다. 아기의 울음소리가 멀리서 들려온다. 그 여자의 무용은 끝났다. 그 여자는 뛰어간다. 구름을 들고.

강은교의 「빨래 너는 여자」입니다.

그러니까 나는, 이 시를 보자마자 먼저 아기 울음소리, 뛰어간다, 구름을 들고, 이런 말들이 눈에 들어옵니다. 아기를 키우는 젊은 엄마의 바쁜 하루가 보입니다.

그런데 신경림 시인의 해설에는 '죽음의 냄새'라고도 하네요. 빨래를 너는 일상적 아름다움을 그린 시가 아니라는 것이지요. 무용수처럼 발끝을 곧추세우고 위험스레 지붕 끝을 걸으며 빨래를 너는 여자에게서는 삶과 죽음의 경계선을 넘나드는 사람의 상징이 있고, 그 말의 완결로 '허공과 그 여자는 무척 가까워 보인다'로 귀결된다는 것입니다. 다시 읽어 보니 위험스런 지붕 끝, 허공과 가깝다, 구름을 들고, 이런 말들은 옥상에서 나풀 떨어지는 마지막을 떠올릴 수도 있겠다는 생각이 들었습니다.

나는 이 시를 다르게 읽었습니다. 앙증맞은 아기 원피스를 옥상에 널고, 내려가 아기와 놀다가, 가장이 올 시간이 되면 반찬거리를 사서 저녁을 짓고. 그렇게 평범하게 살아가는 삶의 한 장면으로 보고 싶었어요. 그러니까 구름을 들고 아기에게로 가는 '삶의 새로운 지평을 열었다'는 또 다른 해설 쪽으로 기울고 싶었습니다.

시를 읽다 보니 내 젊은 날 '빨래 너는 여자'가 보였습니다.

결혼하고 아이들 둘 낳아 키울 때 살던 다세대 주택 2층. 방 두 개가 있는 그 작은 집에 시어머니와 우리 네 식구가 몇 년을 복닥이며 살았습니다.

방학이면 어머니가 고향으로 가셔서 혼자 아이들을 돌보았습니다. 차도 없이 걸어 다니고 계단을 오르내리며 동네 시장에서 찬거리를 사다가 소박하게 먹었습니다. 20년 만의 더위라던 해였지만 에어컨도 없이 선풍기 하나로 그 여름을 났지요. 통통하게 살이 깊던 아가는 온몸에 뜸띠기가 덩어리로 돋아났습니다. 수박을 먹일 때는 옷을 홀라당 벗겼고, 아이들은 간이 수영장 속에서 저물도록 놀았습니다. 덥고 힘들었지만 그렇게 아기들과 시간을 보내는 여름방학 날들이 좋기만 했습니다.

어린 딸에게 아기를 맡기고 날 듯이 가게에 다녀와 보면, 자기가 먹던 빵을 아기에게 주노라 코에 빵을 끼워 놓아 정신이 아득하였던 날도 있었습니다. 때론 아이들에게 화를 내고 야단을 치다가도 나를 올려다보는 맑은 얼굴을 보면 나는 갑자기 미안해지기도 했습니다.

그 여름, '무용수처럼 발끝을 곤추세워 서서 허공에 탁탁 털어' 그렇게 나도 옥상에 빨래를 널었습니다. 하얗게 삶은 기저귀를 빨랫줄에 펼쳐 놓으면, 비누 냄새가 향기로운 바람이 되어 날아다녔습니다. 햇살이 과랑과랑쨍쨍한 날 흰 구름 사이로 펄럭이는 빨래들을 보면, 고단함이 하늘로 날아올랐습니다. 하루에도 두세 번 빨래를 하고 걷어 내고 또다시 널었지요. 빨래집게로 집을 때, 아기 우는 소리가 귀에 왱왱거리곤 했습니다. 손에 든 옷을 빨래통에 집어던지고 다다다 계단을 내려오면, 아기들은 기척도 없이 새근새근 자고 있었습니다. 꿈속에서 재미난 무엇을 보는지 벙삿이 웃는 큰아이는 그림책을 거꾸로 든 채 잠이 들었고, 아기는 꿈속에서 맛난 무엇을 먹는지 작은 입술을 오물거렸습니다.

사랑스런 아이들. 가만히 볼에 뽀뽀를 하고 오래도록 들여다보았습니다. 아기 귓바퀴에 송송 돋아난 복숭아털이 반짝였습니다. 내 새끼들. 이 어린것들을 정말 잘 키워야 한다는 마음이 불쑥 솟아 나오곤 했지요. 그렇게 아이들은 무럭무럭 자랐고, 우리도 부모 되기를 열심히 배웠습니다.

남편과 토닥인 날, 아기를 업고 옥상에 올라가면 멀리 노을이 스러지고 있었습니다. 하늘도 눈시울이 붉었지요. 옥상 너머 끝도 없이 이어지는 집들에는 저마다 행복으로 가득한 것 같았습니다. 서러운 무엇이 밀려오며 엄마 목소리가 들렸습니다.

"다 경허멍 살았져. 설룹곡 부에나도 살당 보민 존 일도 있곡, 지꺼진 일도 있곡. 살암시민 다 살아진다. 사름 사는 일이 다 흔 가지여."

다 그렇게 살았겠지요. 서럽고 화가 나도 살다 보면 좋은 일도 기쁜 일도 있겠지요. 살다 보면 살아지는 것이니까요. 다들 그렇게 사는 것이려니 했지요. 한동안 그렇게 옥상에 서 있으면, 마음이 가라앉았습니다.

다음날 출근을 하고, 장을 보고, 다시 또 옥상에 빨래를 널면, 어제 해는 또 새 얼굴로 나와 하얗게 빨래를 말렸습니다. 내 안의 습기도 빨래처럼 말랐습니다. 스락흔 기저귀를 개면서 햇살 한 줌도 차곡차곡 접어 넣었습니다.

많은 것이 작았던 그때, 집도 작고, 아이들도 작고, 우리들 꿈도 작았습니다. 그저 아이들이 건강하게 잘 자라는 것이 큰 꿈이었습니다.

"새끼덜 오골오골 클 때 그때가 젤 행복헌 때여. 새끼덜 어름쓸멍 살 때가 젤 조은 때주. 그땐 몰라. 다 지낭 보민 알아진다."

돌이켜보면 아기들이 다글다글아장아장 걸으며 무럭무럭 자랄 때, 아기들을 쓰다듬으며 좋은 부모가 되려고 애쓰던 그때, 각자가 익숙했던 서로의 삶의 틈을 메꾸는 법을 배울 때, 그때가 눈물 나게 행복했던 날들이었던 것을 지나고 나서야 깨닫곤 합니다.

지나간 것들은 모두 그리운 풍경입니다. 희미해질 때도 되었으련만 해가 갈수록 그 시절이 여름날 빨래처럼 마음속에 펄럭이고 있습니다.

돌담에 이불을 널고

고향에서 늦은 여름휴가를 보내고 있었습니다. 가을 햇살이 따가웠습니다. 이 햇살에 모든 곡식과 과실들이 농익을 것입니다. 이불장에 눅눅해진 이불을 모두 꺼내 담벼락에 널었더니 마당을 두른 돌담에 소복이 눈이 쌓인 듯했습니다. 이불에 부딪치는 가을 햇살이 눈부셨습니다. 햇살이 이불에 스며들어 이불솜이 부풀어 오르는 몸질이 보이는 듯했습니다.

'돌담에 이불 널기'는 아파트살이에서 아쉬운 일 중 하나입니다. 장마가 끝나고 햇살 좋은 날 이불을 내어 널고 싶은데 아파트에서는 가당치 않은 일입니다. 햇살 맞은 이불을 덮고 햇빛과 바람 냄새를 맡던 어린 날 한때가 떠오릅니다.

햇살이 좋은 가을날 하루는 묵은 빨래를 하러 갔습니다. 그 시절, 감자 씨 심는 날, 김장하는 날처럼 '빨래하는 날'도 집안의 큰일이었습니다. 장마로 퀴퀴해진 이불과 담요를 경운기에 싣고 산물에 갔습니다. 산물은 바닷가 용천수가 흐르는 곳에 만들어진 빨래터입니다. 산물. 살아 있는 물.

흐르는 물 양쪽으로 앉아서 빨래할 수 있게 납작한 돌을 깔아 놓았습니다. 가운데로 산물이 콸콸 흐르고, 동네 아주머니들이 쏟아 놓는 왁자한 수다가 비누 거품과 함께 떠내려갔습니다.

"벡장에 담앙 놔두난 축축허영 되쿠광게. 산물에 왕 빨아사 때도 잘 빠지곡, 과랑과랑헌 벳디 과상허게 몰려사 스락허주."

벽장에 담아 두니 축축해서 산물에 빨아야 때가 잘 빠지고, 쨍쨍한 가을 햇살에 바싹 말려야 사그락하다는 말이 들렸습니다. 옆에서 양말을 빨고 있는 나에게 엄마가 일렀습니다.

"빨래허민 부에난 거 다 풀어진다. 부각이 거품 나멍 구진물 다 빠징거 산물에 헹구민 무음이 경 스노롱 헐 수가 어서. 사름 무음도 우와기추룩 확 뒈쌍 벳디 몰리민 오죽 좋아."

빨래하면 화난 게 풀리고 더러운 물을 빼고 헹굴 때 마음이 그리 산뜻하셨다는 엄마. 사람 마음도 윗도리를 뒤집듯 속마음을 꺼내어 햇살에 말리고 싶다던 엄마. 빨래할 때 가끔 엄마는 「바다가 육지라면」 노래를 불렀습니다. 뭔가 마음에 쌓인 것이 있을 때는 그랬습니다. 바당 멀리 떠나버린 첫사랑을 생각했을지도 모릅니다.

"배 떠난 부두에서 울고 있지 않을 것을
아~ 아~ 바다가 육지라면
눈물은 없었을 것을…."

빨래하는 모습만 보아도 엄마 기분을 알 수 있었습니다. 마음이 산란한 일이 있을 때는 마께빨래방망이 소리가 잦았습니다. 마께로 팡팡 두들기며 힘든 일을 털어냈을까요. 어쩌다 나도 마음 상한 일이 있을 때 괜히 없는 빨랫감들을 만들어 세탁기에 마구 집어넣고 돌리곤 합니다.

바닥이 훤히 들여다보이는 물속에 잠긴 옷들이 미역처럼 하늘거렸습니다. 선명한 색이 도드라지고 마음까지 깨끗하게 닦이는 것 같았습니다. 나는 부름씨심부름를 하다 물에 첨벙 들어갔다 나오기도 했습니다. 빨래터 위쪽 돌담에 널린 빨래에는 가을 햇살이 머물렀고 빨래 마르는 냄새가 고소했습니다. 그 위로 고추밤부리고추잠자리들이 날아다녔습니다. 돌담 아래 빨래 솖는 솥에선 빨래가 바글바글 끓고, 불 때는 연기가 하늘로 날아올랐습니다.

마른 이불 홑청에 풀을 먹여 다듬이질을 한 후, 다시 마당에 내어 널어 바람을 담았습니다. 마루에 이불을 펴고 바농질바느질로 홑청을 꿰매고 개어 벽장에 시루떡처럼 쌓아 놓고 지그시 바라보는 엄마. 김장을 하고 통에 담아 칸칸이 메꾸어 놓고, 꾸덕하게 말린 생선을 두 마리씩 싸서 츤근츤근차근차근 냉장고에 저장하고 난 후, 푸근해지는 그런 마음이었을 거예요.

새로 홑청을 끼운 이불을 덮고 있으면 잘 익은 가을 햇살 냄새가 코시롱고소했습니다. 차마 잠들기 아까웠습니다. 이리저리 몸을 굴리며 살에 닿는 이불의 스락한 감촉을 오래 맛보곤 했습니다.

문득 어릴 적 빨래하러 갔던 곳에 가 보고 싶었습니다. 산물 근

우리 사는 동안에 부에나도 지꺼져도

처 길 위에도 맑은 물이 넘쳐흐르고 있었습니다. 빨래터는 없어지고 지붕을 덮은 건물만 있었습니다.

'이젠 빨래를 하는 사람이 없으니….'

돌담에 쏟아지는 햇살 속으로 빨래 삶는 냄새와 불 때는 연기가 날아오르는 것만 같았습니다. 해수욕객을 위한 샤워장으로 변해버린 그곳은 요란한 소리를 내며 산물이 철철 넘쳐흐르고 있었습니다. 발을 담갔더니 얼음물 같았습니다. 여전히 맑은 물은 흐르고 있었으나 고소한 빨래는 그곳에 없었습니다. 사라진 것들은 그리움을 남깁니다.

뒤싸뒤집어 널었던 이불을 걷었습니다. 마음속도 이불처럼 아무 때나 내어 널 수 있으면 얼마나 좋을까요. 때 묻은 마음, 습기 찬 마음을 이불을 내어 널 듯 햇살에 말리고 싶어집니다. 이불을 개다 말고 다시 얼굴을 묻었습니다. 따듯하고 보그락했습니다. 맑은 바람 냄새와 어린 시절 그 냄새. 과상이바싹 마른 이불에서 밤새 코소롱한 꿈을 꿀 것만 같았습니다.

춤지름 빠레 방앗간에 간다

귀농한 친구네 갔다가 참깨를 사고 왔습니다. 참깨를 키우고 거두는 것이 얼마나 힘들고 고된 일인지 너무도 잘 아는 나는, 한 말만 팔아달라는 그 동네 할머니 부탁을 거절할 수 없었습니다.

시장 카트에 참깨를 싣고 처음으로 방앗간에 가면서 엄마가 보내준 기름을 넘치게 먹던 생각이 났습니다. 엄마가 아픈 지금은 더 이상 '엄마표 춤지름'을 먹을 수 없습니다.

"국산 깨네요. 좋은데요. 쭉정이도 없고 농사를 잘 지으셨네요."

방앗간 아저씨가 참깨를 열어보고 손으로 한 줌을 쥐어 손바닥에 올려놓고 하는 말을 들으니 내가 농사지은 것이나 되는 듯 으쓱해졌습니다. 코가 붉은 아저씨는 친절하고 일을 잘했습니다. 잠바를 벗어던지고 커다란 통에 깨를 붓고 수돗물을 틀었습니다. 프로펠러가 돌아가면서 깨가 씻어져 소쿠리로 빠져나왔습니다. 물기를 뺀 후, 깨 볶는 가마 속에 넣자, 가마 안에 기계가 두 팔로 휘저었습니다.

예전에는 연탄불을 때고 볶으며 손으로 저었다는데, 지금은 기계가 해주니 한결 수월하다고 하네요. 타게 볶지 말라고 했더니 알아서 다 한다고 내 말을 가로막았습니다. 한참 만에 부드러운 갈색으로 볶아졌습니다.

아저씨가 다음 기계로 옮겨 담았습니다. 김이 확 밀려왔습니다. 고소한 냄새도 함께. 두 번을 내린 다음 이번에는 안쪽에 있는 기름을 빼는 기계에 옮겨 담았습니다. 투입구를 옆으로 밀고 창호지를 둥글게 말아 원통에 넣고 척척 기계를 조립하고 깨를 부었습니다. 익숙하게 기계를 조작하고 도구들을 다루는 아저씨를 경이에 찬 눈으로 보고 있었지요.

드디어 맑은 기름이 작은 관으로 졸졸 흘러나왔습니다. 기름통에 채워질 동안 아저씨는 다른 손님이 가져온 깨를 받아 씻고 볶으면서 쉴 새 없이 움직였습니다.

"옛날에는 힘으로 눌러서 기름을 뺐어요. 그러니 얼마나 힘들어. 뺀 깻묵을 다시 부수어 또 눌렀어요. 조금이라도 더 빼려고. 힘들었어요. 그것을 스무 살부터 40년을 넘게 했지요."

기름 빼는 프레스는 기차를 들어 올릴 만큼의 누르는 힘이라고 합니다. 세월이 좋아져서 참기름 빼는 것도 모두 자동화가 되었네요. 씻고, 볶고, 짜는 것까지. 주인아주머니는 자꾸 말하는 아저씨가 신경이 쓰이는지 가끔씩 남편의 옆구리를 찔렀습니다. 농산물 시장에 가야 하는데 깨 볶을 일이 밀려 있으니 그럴 만도 했습니다.

고추 담당인 아주머니는 빨간 옷에 빨간 앞치마를 두르고 아저씨에게 지시하는 품새가 성격도 매워 보였습니다. 선한 아저씨는 깨를 볶아 고소한 참기름을 뽑고, 매서운 아줌마는 기침을 해가면서 매운 고추를 빻았습니다.

기름이 다 뽑아졌습니다. 아저씨는 기계 윗부분을 젖히더니 커다란 깻묵 덩어리를 꺼냈습니다. 둥글게 말아 넣은 창호지에 갈색으로 단단하게 뭉쳐진 엄청나게 큰 크리스피 도넛 같은 깻묵이 만들어졌습니다. 궁금한 내 마음을 알았는지 아저씨는 또 일장 설명을 하셨습니다.

"깻묵은 발효를 시켜서 거름으로 쓰는데 겨울에 발효하는 것이 좋아요. 여름에 하면 벌레들과 파리들이 꼬이지요. 흙과 섞어서 한겨울 두었다가 봄에 쓰면 아주 좋은 거름이 되죠. 사람들이 그것을 모르고 깻묵을 그냥 뿌리면 그게 발효가 되면서 열이 나서 다 죽고 말아요. 아무렇게나 하면 안 되는데 깻묵을 부숴서 그냥 뿌린단 말이에요."

그렇군요. 모든 일에는 때가 있고 순리가 있지요. 뭉근한 기다림과 인내의 시간이 필요합니다.

내 뒤에 기다리던 아주머니가 앉지도 않고 깨가 볶아지는 것을 지켜보고 있었습니다. 아저씨가 자조 섞인 목소리로 푸념했습니다.

"사람들이 믿질 못해요. 우리는 정직하게 하는데 깨가 바뀔까 봐 조바심을 내고요."

그 말을 들으니 나도 뜨끔했습니다. 기름이 잘 빼지는지 다른 것을 넣지는 않는지 눈 부릅뜨고 보고 있는 나에게도 들으라고 하는 말 같아서였습니다.

기름집에서는 꽤를 볶고 이 기계 저 기계로 옮겼다가 다시 다른 기계로 옮기면서 어느새 꽤가 바뀌고 만다고 어른들이 하는 말을 들은 적이 있었습니다.

"촘지름 빨 땐 헤천베리지 말앙 꼭 등상 이서야 됩니께. 눈 번찍 떵 이서도 어느 새에 다른 꽤 확 섞어분댄 헙다."

참기름을 뺄 때는 다른 곳에 정신 팔지 말고 꼭 지키고 있어야
지, 눈 뜨고 있어도 다른 깨와 섞을지 모르니 잘 지켜야 한다는
말입니다.

큰 그릇에 뽑아져 나온 따끈한 춤지름을 아주머니가 조심스럽게
소주병에 담았습니다. 코소롱한 춤지름 냄새가 코끝에 스쳤습니
다. 모두 아홉 병이나 되었습니다. 방금 뺀 기름이 따뜻했습니다.

신문지로 싸서 카트에 담고 조심조심 끌고 오는데, 기름병들이
살강살강 부딪치는 소리가 들렸습니다.

'엄마, 헤천베리지 않고 눈 번찍 떵 잘 봤어. 아저씨가 꽤 하나
도 바꾸지 않고 내가 가져간 것을 잘 빼줬어.'

힘들게 키운 참깨를 궤양조심스럽게 털고 잘 씻어 말려, 모슬포에
가서 기름을 빼고 철마다 우리 삼 형제에게 보내주신 엄마. 그 기
름은 부모님이 땀이 서린 것이었습니다.

아기를 돌보듯 키운 꽤를 담벼락에 세워 말리고, 코투리가 벌어
지면 한약 약사발을 나르듯 꽤단을 날라, 한여름 불같은 갑바에
엉덩이가 데이면서도 한 알도 땅바닥에 튀지 않게 털어 모았습니
다. 그것으로 송아지도 사고 우리들 학비며 동생의 병원비를 댔습
니다. 그 귀한 꽤로 뺀 기름을 담아 보내주셨던 것입니다.

집에 와서 식탁 위에 기름병들을 나란히 늘어놓았습니다. 한겨

울 식량을 모두 준비한 것처럼 푸근했지요. 포장지로 기름병 하나를 싸고 빨간 리본으로 묶은 것은 선생님께 드리고, 앤젤도 한 병, 정희도 한 병, 이리저리 하나씩 주다 보니 몇 병 남지 않을 것 같았습니다. 원래 그렇다네요. 있는 것 남에게 퍼주고 나는 결국 사 먹는 거라고…. 그래도 고소함을 나눌 걸 생각하니 흐뭇해졌습니다.

기름병 마개를 여니 참지름 냄새가 확 풍겼습니다. 익숙한 냄새는 추억을 불러옵니다. 밥을 뜨고, 간장 조금, 참지름 몇 방울을 넣고 비벼 한 숟가락 입에 넣었지요. 참지름 향기가 입안에 가득했습니다. 아, 어린 시절 먹던 맛이었습니다. 학교 갔다 오면 찬장 구석에서 참지름을 꺼내 그렇게 비벼 먹곤 했는데. 참지름 아끼지 않는다고 엄마에게 잔다니도 많이 들었는데….

자전거 타러 갔던 남편이 왔길래 그에게도 방금 뽑아온 고소함을 비벼 주었습니다. 우리는 참지름에 비빈 밥을 먹으며 코소롱한 추억에 잠겼습니다.

우리 사는 동안에 부에나도 지꺼져도

고향의 음식

　고향을 생각하면 고향의 사랑하는 사람들이 그려지고, 그들과
함께 했던 일들이 떠오르고, 함께 먹었던 음식이 떠오릅니다. 추
억을 가장 선명하게 떠오르게 하는 것이 음식이 아닐까요.

모멀메밀

　돌이 많은 제주의 척박한 땅에 조상들은 모멀 농사를 지었습니
다. 꽃도 예쁜 모멀은 껍질은 베갯속으로 쓰고 가루는 음식으로
해 먹었습니다. 팍팍한 생활과 바쁜 농사일로 다양한 음식을 만들
어 먹을 여유가 없었기에 음식을 단순하고 쉽게 만들었지요. 그런
환경이 재료 고유의 맛을 그대로 살리고 조미료를 적게 쓰는 무공
해 음식을 탄생시켰습니다. 모멀도 지슬처럼 가난한 음식이지만
지금은 웰빙 음식이 되었습니다.
　모멀 그루메밀가루를 반죽하여 끓는 물에 숟가락으로 둑둑 끊어
넣고 소금 간을 하면 제주도식 수제비인 모멀 즈베기수제비가 됩니

다. 모멀ㄱ루로 빙떡을 만들고, 모멀 쓸메밀 쌀을 끓는 물에 붓고 휘저어 모멀죽을 만들었습니다. 엄마는 그걸 좋아했습니다. 감기 기운이 있거나 아플 때 엄마는 닝닝하고 미ㄲ덩한 뜨거운 모멀죽 한 그릇을 먹고 기운을 냈습니다.

ㅁ질ㅁ질매끈매끈한 모멀묵. 그걸 만드는 것은 참 숨ㅂㄹ운지루한 일입니다. 모멀쓸을 물에 치대어 즙을 내고 끓입니다. 타지 않게 저으면서 뭉쳐질 때까지 한 시간이 넘게 저어야 합니다. 낭푼이양푼에 부어 식으면 트랑트랑한 모멀묵이 됩니다. 그렇게 만든 묵은 ㅁ지락한부드러운 맛이 납니다. 예전에는 잘 먹지 않던 모멀묵도 지금은 제일 먼저 손이 갑니다. 춤지름을 넣은 간장에 찍어먹으면 입안에서 살살 녹는 모멀묵.

ㅁ국모자반국

동네에 잔치(결혼식 같은)나 영장䘮이 나면 며칠 전부터 도세기돼지를 잡고 잔치를 준비합니다. 고기와 내장을 슬믄삶은 물에 ㅁ모자반을 넣고 끓이다가 모멀ㄱ루를 개어 놓으면 걸죽한 ㅁ국이 됩니다. 동네 어른들이 ㅁ국 한 그릇씩 먹으며 서로 일을 도왔습니다.

겨울바람이 불면 ㅁ이 맛있어집니다. ㅁ을 씻어 끓는 물에 살짝 데치고 ㄴ삐무를 가늘게 채 썰어 새콤달콤 무친 반찬을 엄마가 참 좋아해서 밥상에 자주 올라왔습니다. 파릇한 ㅁ과 하얀 ㄴ삐가 보기에도 먹음직스럽습니다.

메주

늦가을 햇살이 따가울 때, 올레에 들어서면 구수한 냄새가 번져 나옵니다. 가마솥에 솖는 콩이 익어가는 냄새입니다. 정지부엌는 뭉게뭉게 피어나는 김이 천장까지 가득합니다. 엄마가 콩팥 모양으로 부풀어 오른 콩 한 줌을 내 손에 올려줍니다. 박세기바가지로 삶은 콩을 퍼내 부엌 한가운데 커다란 다라에 옮겨 놓습니다. 아버지가 새 장화를 신고 콩을 밟아 으깨고, 보릿가루와 섞어 둥근 메주를 만듭니다. 짚으로 끈을 만들어 세 덩어리씩 엮어 정지 옆 족은작은 방에 걸어 놓았다가, 곰팡이가 피어나면 곰팡이와 먼지를 씻어냅니다. 소금물을 만들어 항아리에 메주를 담그고 붉은 고추를 띄웁니다.

간장이 익을 때까지 항아리 뚜껑을 열어놓고 햇볕을 잘 쏘여야 합니다. 밧듸밭에 가는 엄마가 열어놓은 장항 뚜껑을 덮는 것이 내 일입니다. 내 키만 한 항아리에 뚜껑을 닫는 일이 힘들었습니다. 뚜껑은 얼마나 무거운지…. 덮다가 와장창 장항이 깨져 간장이 다 쏟아지면 큰일이거든요.

콩 삶는 냄새
쫍쪼롱ᄒ게쫍쪼름하게 간장이 익어가는 냄새
쿠시룽ᄒ게구수하게 된장이 익어가는 냄새

냄새는 그리움을 불러옵니다. 감각의 책꽂이에 갈피갈피 꽂혀 있다가 바깥의 자극으로 어느 순간 깨어나는 그리움이 있습니다.

콩국

　나는 콩을 좋아합니다. 팥, 녹두, 둠비콩, 서리태, 완두콩…. 하여간 콩이란 콩은 모두 좋아합니다. 당연히 콩국도 좋아합니다. 콩가루가 몽글몽글 뭉친 것을 특히 좋아합니다.

　콩국은 겨울 음식입니다. 시원한 제주 늠삐와 수분이 가득한 배추를 넣고 끓이다가 생콩가루를 넣어 소금 간을 하고, 약불에 넘치지 않게 살짝 젓고 뚜껑을 닫아 두면 됩니다. 김장배추가 나올 때 배추 끝 단단한 부분을 잘라 한 번 먹을 양만큼씩 냉동해 둡니다. 콩국을 끓일 때 그걸 넣어 국물을 내면 한층 시원한 맛을 냅니다. 콩국만 있어도 한 끼로 거뜬합니다.

　겨울도 아닌데 갑자기 콩국이 먹고 싶어 마트에 갔더니 생콩가루가 있었습니다. 멸치와 다시마를 넣고 국물을 내고 배추를 넣어 콩국을 끓였습니다.

　콩국은 넘치지 않게 조심해야 합니다. 콩국을 끓일 때, 솥 앞에 앉아 잘 보라고 엄마가 단단히 일렀는데 헤천베리다가 국물이 넘쳐 엄마에게 혼나던 일이 생각납니다.

　콩국은 타이밍이 중요한 음식입니다. 하긴 모든 일이 적절한 때가 있습니다. 사는 것이 퍼즐처럼 들어맞지 않기에, 때를 놓치고 아쉬워하기도 합니다. 사소한 일도 삶의 근본과 직결된다는 것을 콩국을 끓이면서 생각하게 됩니다.

각제기전갱이

문득 각제기가 먹고 싶었습니다. 제주에 사는 친구 산방이에게 전화했습니다.

"각제기 택배 하는 데 없을까? 남편이 좋아하고 나도 먹구정허네."

"각제기, 음, 추억의 음식이지. 우리 집에서 7분 거리에 오일 시장 있어. 거기 팔아. 낼 가서 부쳐줄게."

전화번호만 알려 줘도 될 텐데 산방이는 어그레지체없이 다음날 시장에 갔습니다. 전화기 너머로 시장 사람들 소리가 왁자하게 들려왔습니다.

"우럭이영 각제기영 보냄쪄. 우럭도 막 맛좋아."

"아고, 더운디 귀찮게 했네. 고맙고 미안해."

"친구 조텡 허는게 뭐니게. 낼 갈거라. 잘 받앙 먹으라."

친구가 좋긴 좋습니다. 내일이면 각제기가 온다니 산방이가 고마울 뿐입니다.

다음 날 밤 늦게 택배가 왔습니다. 배를 갈라 반건조하여 먹기 좋게 두 마리씩 담겨 있었습니다. 내일 아침 구워 먹을 생각에 벌써 입에 침이 돌았습니다. 각제기는 살이 쫄깃하고 기름기가 돌아 베지근한 생선입니다. 조금만 물러도 맛이 사라지고 늘렛내비린내가 납니다.

미리 해동시켜두었던 각제기 두 마리를 기름을 두르고 구웠습니다. 어느 생선이나 그렇지만 구울 때 뒤적거리면 안 됩니다. 냉동되었던 생선은 더욱 그렇습니다. 육질이 엉겨 붙어 튼튼단단해질 때까지 기다렸다가 뒤집어야 합니다. 마음이 바빠 바지직 튀겨질 때까지 기다리지 못하고 뒤적거리다 생선의 모양을 흐트린 적이 있습니다.

"즈자지지 말앙 노릇노릇 해지민 그때 뒈쓰라. 뒤적이민 다 헤싸정 안 된다."

서두르지 말고 노릇하게 구워질 때까지 기다렸다가 뒤집어야 흩어지지 않는다는 엄마 목소리가 옆에서 들립니다.

사는 일이 그렇습니다. 성급하게 서두르면 좋은 결과를 얻지 못할뿐더러 후회와 미련이 남기 마련입니다. 세상일이 억지로 되지 않는다는 걸, 때가 될 때까지 와리지성급하지 말고 인내하며 기다려야 한다는 걸 생선 하나 굽는 일에서도 깨닫게 합니다.

노릇노릇 구워진 각제기를 먹고 있으려니 베지근한 맛이 입안에 가득합니다. 지느러미까지 오도독 씹어 먹고 있습니다. 우리가 고향에 갈 때면, 어머님이 당신 아들이 좋아하는 각제기를 사서 냉동해 두곤 했던 생각이 납니다.

요새 각제기를 먹으며 행복해지고 있습니다.

식계떡

식겟날제삿날입니다. 올레 밖까지 고소한 냄새가 풍깁니다. 책가방을 메고 들어서는 나를 보자, 신사라가 자란 담 밑에 누워 있던 강셍이강아지 해피가 달려와 꼴렝이꼬리를 흔듭니다. 집안에 일어난 일을 보고하듯 혀를 내밀고 헤헤거립니다.

고기 볶는 코소롱한 냄새가 마당에 가득합니다. 셍이들도 머리를 조짝조짝거리며주억거리며 마당에 모여 있습니다. 빨랫줄에는 셍성옥돔 세 마리가 걸려 있습니다. 숯불에 굽고 제사상에 올릴 것입니다. 덜 마르면 오고셍이본래 그대로 굽기 어렵기에 꾸득하게 말려 궤양조심스레 구워야 합니다.

정지에는 엄마와 동네 삼춘이 제사음식을 준비하느라 바쁩니다. 빙떡을 말고, 적갈산적을 만들고, 아버지는 마당 구석에서 고기를 삶고 있습니다. 만들어진 빙떡을 차롱소쿠리에 담아 동네 집집마다 돌아다니며 나눕니다. 제삿날 내가 하는 중요한 부름씨입니다. 차롱을 들고 가다가 푸더지면넘어지면 음식을 버리기에 돌부리에 걸리지 않게 멩심해서명심해서 걸어야 합니다.

저녁이 되면 친척들이 식게 먹으러 옵니다. 제사를 지내고 음복을 하는 일이 중요했기에 '먹으러'가 된 것입니다. 아이들도 빠짐없이 옵니다. 모여서 놀기도 하고 맛난 음식도 먹으니 빠질 수 없지요. 잡을락잡기도 하고 곱을락숨바꼭질도 하면서 마당에서 올레로 화륵화륵 뛰어다니며 시간이 가기를 기다립니다. 열두 시가 되어 제를 지내고 나서야 식게테물제사퇴물도 먹을 수 있습니다.

어른들은 모여 그동안 쌓인 이야기를 합니다. 농사일에 치어 한가히 모여 이야기할 여가가 없었던 탓에 식겟날은 어른들의 수다가 길어질 수밖에 없습니다. 놀기도 지쳐 삼춘들의 이야기를 듣다가 눈꺼풀이 하늘만큼 무거워질 즈음 제를 지냅니다. 어른들이 먼저 절을 하고 아이들도 모두 엉덩이를 쳐들고 두 번 반 절을 하고 나면 젯상이 내려집니다. 이제 음복할 시간입니다. 반쟁반에 나눈 음식을 받으면 졸린 눈이 커집니다.

다음 날 아침 새벽에는 제사에 오지 못한 어른들께 밥과 국, 나물과 고기, 떡 같은 식게테물을 차롱에 담아 날라야 했습니다. 그렇게 몇 군데를 돌고 학교 갈 준비를 하는데 식게테물 싼 봉다리 두 개를 책가방에 담아주셨습니다. 친구들과 나눠 먹을 것과 선생님께 드릴 것입니다. 제사 다음 날이면 그렇게 꼭 싸주시곤 했습니다.

식게가 있는 집 아이는 전날부터 어깨가 올라갑니다. 특혜라도 되는 것처럼 뻐기는 날이기도 했지요. 아이들은 그때만큼은 비굴해지기도 했습니다. 급식도 없고 주전부리도 귀하던 시절, 먹을 것이 힘이고 권력이던 시절, 식게떡은 아이들에게 특별한 간식일수밖에 없었습니다.

빙떡

종손댁에서 가져온 빙떡을 먹으며 어린 시절 이야기를 하고 있었습니다.

"빙떡 노래 들어봅디강? 엄청 재미서. 그것대로 허민 빙떡 만들어집니께."

시누가 노래를 부르며 휴대폰에서 '빙떡 노래'를 찾아 틀었습니다. 아이가 발음도 또렷하게 어찌나 귀엽게 부르는지요.

"ᄂᆞᆷ삐 ᄀᆞᆫ질게 썰엉 술망, 페마농이영 꾀ᄀᆞ루 낭 섞엉, 모멀ᄀᆞ루 풀엉 얄룹게 지정, 그 우터레 낭 ᄆᆞᆯ민, 빙떡이주게. 아이고, 빙떡 먹으레 옵써."

(무를 가늘게 썰어 삶고, 쪽파와 깨소금을 놓고 섞어, 메밀가루를 풀어서 얇게 부치고, 그 위에 놓고 말면, 빙떡이에요. 빙떡 드시러 오세요.)

"ᄂᆞᆷ삐 ᄒ ᄀᆞᆫ질게 ᄒ ᄒ 페마농ᄒ ᄒ ᄒ 얄룹게 ᄒ ᄒ ᄒ ᄒ…."

노래대로 하면 정말 빙떡이 되겠네요. 노랫말을 정말 잘 만들지 않았나요? 몇 번이나 노래를 따라 부르며 우리는 베또롱배꼽을 잡았답니다.

빙떡은 모멀ᄀᆞ루로 만든 제주 음식입니다. 겨울에 먹고, 빙빙 말아서 만든다고 빙떡이라고 합니다. 멍석처럼 만다고 '멍석떡'이라고도 한답니다. 얇은 모멀 지단에 양념이 된 무 숙채를 넣어 말아 만든 떡. 특별한 행사 때나 제사, 명절 때 빠지지 않던 특별한 떡입니다. 특별하다고 해서 재료가 많이 필요하거나 만드는 과정이 복잡한 것도 아닙니다. 빙떡 재료인 ᄂᆞᆷ삐와 모멀은 음식 궁합이 잘 맞아서 차가운 성분의 모멀은 ᄂᆞᆷ삐를 만나 소화를 도와준다고 합니다. 서귀포에서는 솔라니옥돔와 함께 먹었다는데, 바당 ᄌᆞ꼿디 동네가 아닌 우리는 그렇게 먹어본 기억이 없습니다. 빙떡은 어린 시절을 불러옵니다.

엄마가 빙떡 만들 준비를 하고 계십니다. 모멀ㄱ루에 물을 넣고 잘 풀어 반죽을 만듭니다. 모멀은 반죽 농도가 중요해요. 얇게 부치려면 반죽이 묽어야 하는데 밀가루처럼 찰지지 않아 잘 찢어지거든요. 무쇠 솥뚜껑을 뒈쌍 달구고 돼지비계로 닦으면 솥뚜껑이 반지르르 윤이 납니다. 한 번 닦아내고 다시 기름을 발라, 반죽 한 국자를 떠서 바깥쪽부터 달팽이집을 그리듯 반죽을 둥글게 부으면 지지직 고소한 소리가 납니다. 굳기 전에 얇게 퍼지도록 국자로 빙글 돌리는 엄마 손이 예술이에요. 모멀전을 얇게 지질수록 내공이 깊은 거랍니다.

빙떡 안에 넣을 속은 ㄴ삐로 만듭니다. 달콤한 겨울 ㄴ삐를 가늘게 채 썰어 끓는 물에 소금을 넣고 살짝 데칩니다. 무 숙채가 뜨거울 때 쏨쏨 썬 페마농파을 넣어 버무리고 꽤ㄱ루깨소금를 뿌립니다. 향긋한 페마농 냄새와 코소롱ㅎ 꽤 냄새가 더운 김과 함께 퍼집니다.

무숙채 한 낭푼과 모멀 전을 놓고 온 가족이 둘러앉아 빙떡을 만듭니다. 전 가운데 ㄴ삐 슬믄 것을 한 줌 올려놓고 김밥처럼 빙빙 말아 마지막에 양쪽을 꾹 눌러줍니다. 그래야 말아진 전병이 벨라지지벌어지지 않습니다. 엄마는 날씬하면서도 봉그릇ㅎ게봉긋하게 만들고 아버지는 아무래도 속이 많아 불룩했어요. 손매가 서툰 우리는 속이 밖으로 삐져나오거나, 말다가 찢기도 하고, 말고 나서 너무 세게 눌러 터트리기 일쑤였습니다. 만들어진 빙떡은 차롱에 ㅊ근ㅊ근차곡차곡 넣어둡니다. 빙떡은 쉽게 상해서 오래 보관하지 못했어요. 빙떡을 만들어 이웃과도 나눠 먹고, 선생님에게도 가져다 드리곤 했어요.

엄마는 워낙 모멜 음식을 좋아했어요. 차례를 지내고 설거지와 제기 정리를 다 하면, 차롱에 빙떡 몇 개를 담아 따뜻한 구들에 들어와 천천히 그것을 드셨습니다. 빙떡을 잘라먹으며 고단한 시간도 잘라 내셨을까요. 그리곤 화장을 고치고 따뜻한 아랫목에 누워 잠시 눈을 붙이셨습니다. 친척집을 다 돌고 온 아버지가 자는 엄마 얼굴에 뽀뽀를 하기도 했어요. 두 분이 맨날 말다툼을 하면서 살아도 그 순간은 참 다정했습니다.

원래 떡 이름이 '빈貧떡'인 줄 알고 있었습니다. 가난한 시절에 먹던 떡이라서 그런 이름을 얻었구나, 했지요. 떡이 정말 가난합니다. 먼 나라에서 배 타고 건너온 밀가루로 만든 것도 아니고, 잣이나 대추 실고추 같은 우아한 고명도 없고, 층층이 무지개떡처럼 화려하지도 않고, 다진 고기가 부추와 양념으로 고소하게 들어가는 부터 나는 떡도 아니에요. 누런 모멜과 ᄂᆞᆷ삐로만 만들어진 가난한 떡이에요. 그런데 그 떡이 웰빙 음식이라고 고급진 음식이 되었으니 빙떡도 세월 따라 팔자가 핀 거네요.

가난한 시절 배만 볼록했던 아이들처럼 빙떡도 그랬어요. ᄂᆞᆷ삐를 슥슥 썰어 속을 만들고 도르르 말아 만든 볼품없는 음식. 그 속에 가난한 시절을 같이 말아 넣었을까요. 빙떡을 만들면서 지난해의 힘들었던 일을 잊고 새해를 맞는 힘을 얻었을까요.

나는 차롱에서 제일 볼록한 빙떡을 집어 반으로 뚝 잘라먹곤 했습니다. 그나마 고소하고 달짝지근한 무나물이 있는 가운데만 쏙 베어 먹고, 밍밍한 모멜 전병이 말라서 꼬들해진 끝뎅이끗머리는 동그랗게 잇자국이 파인 채로 남겨 놓곤 했어요. 엄마에게 야단을 맞고서도 빙떡을 먹을 때마다 여전히 잇자국을 남겨 놓았지요. 그것은 아버지가 드셨어요. 지금은 빙떡 꽁뎅이도 잇자국을 남기지 않고 모두 먹는답니다. 슴슴하고 맨질맨질하고 구수한 진짜 모멀 맛을 알게 되었거든요.

문득 집에 있는 무쇠 팬이 떠올랐습니다. 모멀ᄀ루를 사다가 얄룹게 전을 부치고, 달큼하고 시원한 제주 겨울 무를 잘게 썰어 그리움으로 양념을 하고, 서글프고 안타까운 마음도 모두 넣어 뱅글 말아 살짝 눌러준 후, 가운데를 똑 갈라 먹고 싶어집니다.

레이먼드 카버의 「별것 아닌 것 같지만, 도움이 되는」에는 뺑소니 사고로 어린 아들을 잃은 부모가 '별것 아닌' 따뜻한 계피 롤빵 한 조각을 먹으며 서로에게 공감하고 상처를 위로받는 장면이 나옵니다. '별것 아닌' 슴슴한 빙떡도 누군가에게는 힘든 마음을 어루만지는 음식이 될 수 있을 것입니다.

**

제주시 오일장에 가면 빙떡할망이 빙떡을 만들어 판다고 하네요. 제주에 가시면 꼭 들러 맛보세요.

눈 오는 밤에

갓 내린 커피 향이 코끝에 스칩니다. 커피를 마시며 책을 읽는데 그가 창밖을 보더니 탄성을 지릅니다. 눈이 오네요. 바로 앞 건물도 보이지 않을 정도로 펄펄 내리는 함박눈입니다. 길 건너 중학교 운동장은 그새 하얀 호수가 되었습니다.

문득 오늘 작고하신 김창열 화가를 애도하느라 하늘이 보내는 슬픔인가 생각해 봅니다. 슬픔이 되어 내리는 눈이라고 하기엔 너무나 포근하고 아름답습니다. 어쩌면 '물방울 작가'가 평생 그린 물방울들을 데리고 가다가 지상에 남아 있는 사람들에게 주는 마지막 선물은 아닐까요.

오래전, 서울 변두리 초등학교에 근무할 때였습니다. 방과 후 교실에서 일을 보고 있었는데 한 청년이 교실을 기웃거렸습니다. 궁금하여 복도로 나가 물어봤더니 쭈뼛거리며 들어와 어렵게 말문을 열었습니다.

"저는 가난한 학생이고요. 그림을 그려서 학비를 내고 있습니다. 제가 그린 그림이 마음에 드신다면 하나 골라주시면 학업에 큰 도움이 되겠습니다."

방금보다 힘이 넘치는 목소리로 말하면서 5호에서 6호 정도 크기의 날것의 캔버스에 그린 유화 작품들을 꺼내 놓았습니다. 그림을 팔아 학비를 댄다는 말에 반신반의하면서도 나는 마음이 흔들렸습니다. 그가 꺼내 놓은 그림들을 유심히 보았지요. 모두 김창열의 물방울을 모사한 작품이었습니다. 그림을 썩 잘 그렸습니다. 진짜 물방울 그림을 살 형편은 안 되고, 학생도 도와주니 몇만 원을 주고 하나를 사 주었습니다. 그 학생은 화가가 되었을까요. 어떤 화풍을 창조하여 자기만의 예술 세계를 구축했을까요. 공부를 무사히 마쳤기를. 좋은 그림을 그렸기를. 눈이 내리는 창밖을 보며 생각해 봅니다.

순식간에 쌓인 눈은 위험해 보입니다.

"그렇게 눈 오는 거 보지만 말고 빗자루 가지고 가서 현관이라도 쓸고 와요."

베란다에 매달려 밖을 보던 그가 패딩을 입고 내려가다가 다시 올라옵니다. 둘이 쓸어야 한다기에 빗자루를 들고 그를 따라나섭니다. 현관에는 수북이 눈이 쌓여 있습니다. 치우지 않으면 그대로 얼어붙을 것입니다. 플라스틱 빗자루로 쓸었더니 금세 눈이 뭉쳐 잘 쓸리지 않았습니다. 경비실 앞에 있는 대빗자루를 가져다가 쓸어봅니다. 그가 쓴 길이 훤히 드러납니다. 사람들이 다니기 훨씬 좋을 것입니다.

눈이 내린 밤, 나는 고요한 하늘 아래 어디서 뼈다귀 하나를 주은 강생이처럼 털부츠를 신고 뛰어다닙니다. 아무도 밟지 않는 눈

밭에 가서 꽃도 그리고 하트도 그리면서, 어릴 적 눈 오는 어느 밤으로 갑니다.

겨울밤은 일찍 깊어가고 창호지 문에 싸락눈이 부딪치는 소리가 들립니다. 지슬 친삷은 거 몇 개를 먹고 아버지는 엎드려 오른쪽 어깨가 살짝 올라가는 힘센 글씨로 일본어 편지를 쓰십니다. 일본으로 보내는 동네 할망의 구술 편지입니다. 제문을 쓰듯 정성을 다해 쓰는 사각이는 소리가 가득합니다. 장단 맞춰 창호지 문에는 사르륵사르륵 싸락눈이 내립니다. 그 옆에서 마농을 까는 엄마와 할망의 수다는 밤늦도록 이어집니다.

"정진이 누인 철진이영 브름낭 댕겸덴 마씸. 브써 경 허민 재게 시집 보내사주 마씸."

정진이 누이가 연애하고 다니니 벌써 그러면 빨리 시집보내야 한다는 둥,

"철진이도 장개 갈 나이 되었주. 경헌디 정진이 누이영 나이 차가 하영 날 건디."

결혼할 나이가 된 철진이와 나이 차가 많이 난다는 둥,

"게메. 정진이 어멍 걱정입디다. 오라방도 아직 안 풀아신디 지집아이가 브름난 뎅기난…."

그러게, 오빠보다 앞서 누이가 연애질을 하고 다니는 게 못마땅한 모양인지 할머니는 다른 말로 돌립니다.

"주맹이 메누린 영 못되성게. 시어멍이 노망부령 방안에 똥칠 헴덴게, 허운데기 잡앙 돌리곡 이만저만 구박허질 안헌뎅 허여. 그 시아방이 뚜럼ㄱ찌 ㅈ꿋디서 더 추그령게. 경허민 벌 받주. 아멍 노망났주만 시어멍을 경허민 되어?"

주명이 며느리가 못 됐다는 둥, 노망난 행동에 시어머니 머리채를 잡고 구박하는데, 시아버지는 바보같이 옆에서 더 부채질했다며 두 분이 목소리가 커집니다.

"게메, 노망난 사름만 억울헙니껭게. 게난 삼춘도 아프지 맙서. 춤, 청서 뚤 육지서 돈 하영 벌었댄 양?"

노망난 사람만 억울할 일. 청서 딸이 육지서 돈 많이 번 이야기로 옮겨갑니다.

"아이고, 그 뚤 덕분에 개남밭도 사곡, 요새 청서 그 어른 어깨 피왕 댕겸수게."

딸 덕분에 밭도 사고, 어깨 펴고 다닌다고 부러워하십니다. 엄마들 수다에 돈 이야기가 빠질 수 없지요. 우리 엄마도 어린 딸이 나중에 돈 많이 버스러벌어 오길 바라셨겠지요.

싸락눈도 멈추고 편지지 위에 펜이 사각이는 소리만 들립니다. 등잔에 배염처럼 따리를 튼 심지의 호야 불꽃이 흔들릴 때마다, 벽에 걸린 스위트 홈이라고 수놓아진 하얀 횃대포에도 크고 작은 굴메그림자가 일렁이고요. 눈 오는 밤은 그렇게 사각사각 도란도란 깊어갑니다.

내가 태어난 날에도 눈이 많이 내렸다고 합니다. 제주에는 흔하지 않은 함박눈이. 돌담길의 경계선이 사라질 정도로 60년 만에 폭설이 내렸다는군요. 그래서 아버지는 내 이름에 눈을 새겨 넣으신 거고요.

"어떵사 눈이 하영 와신디, 오꼿 담이 다 어서져 부러시녜."

눈이 하도 많이 와서 그만 돌담이 다 없어졌다며, 마당에 쌓인 눈이 지붕까지 닿아서 눈을 파내고 이웃집에 갔다는 아버지의 조금 과장된 말에, 눈 터널을 통과하여 전사처럼 눈을 뚫고 가는 모습을 그려보곤 했습니다.

그렇게 많은 눈이 내린 날 나는 이 세상에 왔고, 결혼하던 날도 그렇게 함박눈이 쏟아졌습니다. 천막 친 마당에는 잔칫상이 즐비했고, 걸쭉한 아주머니들의 목소리가 와자지껄했습니다. 마당에 있는 드럼통에는 장작불이 붉었고, 사람들이 웃고 떠드는 사이로 입김이 피어올랐습니다. 눈 오는 날 결혼하면 잘 산다는 이웃들의 위로를 들으며 ᄌᄃ는걱정하는 엄마 마음도 잦아들었습니다. 상을 내오라고 쩌렁쩌렁 울리는 목소리가 눈 오는 이 밤에 흩어집니다.

현관으로 이어지는 눈길을 다 쓸고 올라와 창문을 열고 훤한 길을 바라봅니다. 이대팔 가르마처럼 난 눈길로 누군가 미끄러지지 않고 오겠다는 생각을 합니다.

　눈 내리는 밤이 좋습니다.

　모두에게 행운이 오는 축복의 눈이길, 눈 오는 밤에 마음을 모아봅니다. 눈 오는 밤에, 시간이 멈춘 눈 내리는 밤에.

우리 사는 동안에 부에나도 지껴져도

오늘도 웃고, 내일도 웃고

"무시거가 경 좋앙 우스멍 다념시. 춤 조은 때여. 하영 우스라. 우서사 늙지 안헌다."

뭐가 그렇게 좋아서 웃고 다니느냐고, 많이 웃으라고, 웃어야 늙지 않는다고 어른들이 말씀하십니다. 세월이 흘러가며 웃음도 잃어갑니다. 웃지 않아서 나이를 먹는 것인지도 모릅니다.

직장에 다니는 아이들과 만나기가 하늘의 별 따기지만 어쩌다 시간이 맞는 주말에 모여 가끔 포커를 합니다. 그 순간에는 가족이고 뭐고 없어 보입니다. 모두가 정신을 바짝 모으고 전쟁터에 나가는 전사들처럼 긴장합니다.

"2천 받고 3천! 쫄리면 나~아가시든가!"

천 원짜리 여러 장을 펄럭이며 딸이 의기양양하게 소리를 지릅니다. 뭔가 큰 게 뜬 것이 분명합니다.

"에이, 죽었어."

투 페어였던 나는 집을 지으려 했는데 기다리는 스페이드가 안

떴습니다. 기껏 판은 내가 키워 놓았는데…. 나는 슬그머니 카드를 내려놓습니다.

"**꼼짝 마라**, 내가 집 지었어. 풀 하우스!"

남편이 판으로 바싹 다가앉으며 바닥에 펼쳐진 지폐들을 거두려 두 손을 벌린 순간, 아들이 소리쳤습니다.

"**잠깐!!!!** 아싸! 스트레이트 플러시야, 오오~~~ 마지막에 떴어!"

두 팔로 판을 싹쓸이하면서 환호했습니다. 눈앞에서 행운을 빼앗기고 넋을 잃은 남편의 얼굴을 보고 우리는 뒤집어졌습니다.

그때였습니다. 갑자기 초인종이 울렸습니다. 우리는 어리둥절 서로 얼굴을 쳐다보았습니다. 도박을 한다고 경찰이 출동한 것은 아니겠고, 집에 올 손님도 없는데, 문을 열어 보니 젊은 남자가 잔뜩 찌푸린 얼굴로 서 있었습니다.

"좀 조용히 해주실래요?"

얼음장 같은 목소리였습니다. 엄중한 항의를 받고 우리는 깨갱 주눅이 들었습니다. 하긴 우리들 목소리가 크긴 했습니다. 층간 소음 문제로 끔찍한 일도 벌어진다는데, 그런 순간이 방금 우리 앞을 지나간 것만 같았습니다. 연신 미안하다고 할 수밖에 없었지요.

한편으론 어쩌다 한 번, 늦은 밤도 아니고, 그것도 주말에 가족이 모여 잠시 소란한 것을 못 참아주는 것이 야속하기도 했습니다. 우그린 그의 얼굴이 안되어 보였습니다. 우리는 소리를 죽여가며 다시 했습니다. 하지만 도저히 웃음을 멈출 수 없었습니다.

언젠가 딸이 사귀던 남자와 헤어졌습니다. 왜냐고 물었더니 딸은 딱 한마디로 잘라 말했습니다.

우리 사는 동안에 부에나도 지켜져도

"재미없어."

다음에는 오랜 연애를 했습니다. 남자 친구가 왜 좋으냐고 했더니 이번에도 딱 한마디로 말했습니다.

"재미있어!"

'재미있다'에는 웃음이 있고, 만나는 시간이 즐겁고 행복하다는 말입니다. 그리하여 그들은 평생을 함께 하기로 약속했습니다.

드디어 사윗감이 왔습니다. 따님을 주셔서 고맙다는 말을 하길래 물었습니다.

"그래, 우리 수수를 어떻게 사랑할 텐가?"

사윗감은 주저 없이 웃으며 말했습니다.

"수수를 웃게 하겠습니다. 재미있게 할게요."

웃게 해주겠다는 것은 상대를 살피고 마음을 들여다보겠다는 것입니다. 상대가 좋아하는 것을 하고, 싫어하는 것을 하지 않겠다는 것입니다. 손에 물 안 묻히게 하겠다, 고생시키지 않겠다, 영원히 사랑하겠다⋯. 그런 맹목적인 맹세보다 진실해 보였고 더 큰 마음으로 들렸습니다. 웃으며 재미나게 사는 것이 행복이지요. 재미난 남자를 만나 매일 웃으면서 살 딸을 생각하니 흐뭇해졌습니다. 나는 사윗감이 마음에 들었습니다.

빅토르 위고의 『웃는 남자』에는 이런 말이 나옵니다.

'그가 그들로 하여금 웃게 했으니 말이다. 웃게 한다는 것은 잊게 한다는 것이다. 망각을 나누어 주는 사람이 이 지상에서 얼마나 고마운 사람인가.'

그러니까 딸은 지상에서 가장 고마운 사람을 만난 것입니다.

복덩어리도 우그린 얼굴에는 가기 싫을 것입니다. 왜 안 그러겠습니까. 보이지 않는 기운도 기분이 좋은 곳으로 흘러가고 싶을 것입니다.

아침마다 거울을 보며 씩 웃어봅니다. 오늘도 좋은 일로 시작해야지. 그러면 웃을 일이 생길 것만 같습니다.

제주도에는 이런 속담이 있습니다.

'ᄌᆞ드는 사름은 산짓물에 강도 궁글팡에 앉나.'

근심 걱정만 하는 사람은 산짓물에 가서도 흔들거리는 돌에 앉는다는 말입니다. 거기 앉았다가 기우뚱 물에 빠질 수도 있으니, 해결이 안 되는 일에 근심 걱정만 앞세우는 것을 경계한 말입니다.

오늘도 웃고 내일도 웃고. 그러면 웃는 인생이 될 것입니다.

매일 지꺼지는 인생이 될 것입니다.

우리 사는 동안에 부에나도 지꺼져도

지석이 삼춘 이야기
- 춤 벨일도 다 이섯주

큰 아덜 나난 새동네 하르방네 집 뒤 초가집에 살아신디, '새동네'는 곤 이름이주만 집이 멧 개 어서서. 세 칸짜리 집은 정지, 마래, 낭간, 방 하나고 굴묵이 붙엉 이섯지. 정지엔 ㄱ자로 불 숨는 아궁이가 네 개, 쇠죽 쑤는 큰 솥도 이섯고. 설거지대 뒤에 복숭게 낭 ㅈ끗디 장항도 요라 개 이섯주.

정지 뒤 담 아래 세우리가 솜박했지. 밥 허당 틈재울 때 양재기에 ᄃ세기 풀엉 그 세우리 ᄌᆷ질게 썰엉 노록, 춤지름 흔 방울 낭, 밥 우이 올려 노민 ᄑ들ᄑ들 익엇주. 그 장항 아래 세우리 크는 거 ᄉ키로 잘 썼주. 찬장 ᄌ끗딘 물 담앙 나두는 물항 두 개영 쓸항이영 공ㄱ롯이 놔진 항 세 개 쭈런히 이섯주.

그 옆인 지들커 모앙 놔두는 디도 이서신디 지들커 다 떨어졍 치웡 노쳉 쓸단 보난 구석쳉이에 중이새끼들이 오골오골 허지아녀? 열 ᄆ리도 넘어실 걸. 중이가 경 하영 새끼 낳는 거라. 터럭도 어시 슬가죽이 ᄇ그랑허게 큰 중이 옆에 모영 이서. 삽으로 들러당 밧디 데껴졌지. 그땐 무사 경 중이가 하신디. 아, 나라에서 중이 약 노렝 약 놓는 날도 이섯주. 중이가 어떵사 하신디 즘자젱 허민 천장에서 이레 와르릉 저레 와르릉 중이덜 둘음박질 허는 소리에 시끄르왕 즘을 설쳤주게.

초가집이라노난 베랭인 어떵사 하신디. 주넹이, 게엄지, 굼벵이, 노린재, 땅강셍이…. 하영 다녔주. 뒤에 사대기낭엔 셍이, 재열도 하곡. 그때는 배염도 핫지. 마당 쓸당 보민 구렝이가 기어다니당 마래 아래 들어가불민 춫지도 못허곡.

흔 번은 구렝이가 앞집 굴묵으로 흐륵 들어가난, 조차강 보난 독세기 물엉 이시멘. 독세기가 구렝이 배소곱에 꿀렁꿀렁 넘어가는 것도 봣쪄. 밧디 강 일헐 땐, 아기 구덕 소낭 아래 나두민 젯내 따문 배염이 기어들주게. 큰아덜 클 때 아기구덕에 경 기어든 배염 이서서. ᄉ못 어떵사 놀래신디 아기 물어시카부덴 혼이 다 나가부런. 아무 일도 어성 ᄉ망이었주만. 경헌디 배염 꿈 꾸민 아기 덜이 컹 잘 된뎅 헹게마는.

그 집 뒤이 흐끄만 물통 이서신디 비 오민 ᄀ득앗주게. 수도물 어신 때난 이, 사름들이 허벅 정 왕 그 물 담아가시녜. 흔 번은 무사 싸움나신디 말싸움 난게. 왕왕작작들 허당 집이들 갔주게. 어느 새사 와신디 정낙이 아방이 물통 ᄌ끗디 무룩이 똥 싸부런게. 작산 어른이 그거 홀 짓이가. 아이고 허난 그 물 먹어지크냐. 권 닥사니 벗어진 사름이엥 허멍, 부에낭 멧 년 동안 말도 안 ᄀ랑

살아서. 아명 용심나도 경허민 안 되주게.

먹는 물에 똥 싸민 다리 빙신 뒌덴 허는 말이 이섯주. 참 이상허
게도 정낙이 아방 후제에 아팡 다리 절엉 빈빈 집이서 놀았주. 방
쉬해도 안 나상 걷지 못허당 죽어서. 늡 마음 아프게 허민 안되어.
참 벨일도 다 이섰주.

지석이 삼춘 이야기
- 참 별일도 다 있었지

큰아들 태어나고 새동네 할아버지네 집 뒤 초가집에 살았는데, '새동네'는 예쁜 이름이지만 집이 몇 개 없었어. 세 칸짜리 집은 정지, 마루, 쪽마루, 방 하나고 굴묵온돌방 불 때는 곳이 붙어 있었지. 방 뒤엔 고팡도 있고. 정지엔 ㄱ자로 불 때는 아궁이가 네 개, 쇠죽 쑤는 큰 솥도 있었지. 설거지대 뒤에 복숭아나무 옆에 장독도 여러 개 있었지.

부엌 뒤 담 아래 부추가 소복했지. 밥하다가 뜸 들일 때 양재기에 계란 풀어서 그 부추 잘게 썰어 놓고 참기름 한 방울 놓고 밥 위에 올려놓으면 포들포들 익었지. 그 부추 야채 반찬으로 잘 썼어. 찬장 옆에 물 담아 두는 물 항아리 두 개와 쌀 항아리 도드라지게 놓인 항아리가 세 개 나란히 있었지.

그 옆엔 땔감 모아서 두는 데도 있었는데 땔감이 다 떨어져서 치우고 놓으려 쓸다가 보니 구석에 쥐새끼들이 오글오글하고 있지 않겠니? 열 마리도 넘었을걸. 쥐가 그렇게 많이 새끼 낳는 거

라. 털도 없이 살가죽이 볼그스름하게 큰 쥐 옆에 모여 있었어. 삽으로 들어 밭에 던졌지. 그땐 왜 그리 쥐가 많았는지. 아, 나라에서 쥐약 놓으라고 '약 놓는 날'도 있었어. 쥐가 어떻게나 많은지 잠자려고 하면 천장에서 이쪽으로 와르릉 저쪽으로 와르릉 쥐들 달리기하는 소리에 잠을 설쳤지.

초가집이라서 벌레는 어떻게 많은지, 지네, 개미, 굼벵이, 노린재, 땅강아지…. 많이 다녔지. 뒤에 생달나무엔 참새, 매미도 많았고. 그때는 뱀도 많았지. 마당 쓸다가 보면 구렁이가 기어 다니다 마루 아래 들어가 버리면 찾지도 못하고.

한 번은 구렁이가 앞집 굴묵으로 화르륵 들어가길래 찾아가 봤더니 달걀을 물고 있었어. 달걀이 구렁이 뱃속에 꿀렁꿀렁 넘어가는 것도 봤지. 밭에 가서 일할 때는, 아기구덕을 소나무 아래 두면 젖 냄새 때문에 뱀이 기어들거든. 큰아들 자랄 때, 아기구덕에 그렇게 기어든 뱀이 있었어. 사뭇 어떻게나 놀랐는지 아기를 물었을까 봐 혼이 다 나가버렸지. 아무 일도 없어서 다행이었지만. 그런데 뱀 꿈꾸면 아기들이 커서 잘 된다고 하더니만.

그 집 뒤에 조그만 물웅덩이가 있었는데, 비 오면 가득했지. 수돗물이 없을 때라, 사람들이 물허벅 지고 와서 그 물을 담아갔거든. 한 번은 왜 싸움이 났는지 말싸움이 났지. 설왕설래 시끄럽게 하다 집에 갔지. 어느새 왔는지 정낙이 아버지가 물웅덩이 옆에 똥을 많이 싸버렸어. 다 큰 어른이 그거 할 짓이니. 아이고, 그러니 그 물 먹을 수 있겠니. 어머니 아버지는 정나미 떨어진 사람이라고 하면서, 천하에 벌 받는다고 화가 나서 몇 년 동안 말도 안 하고 살았어. 아무리 화가 나도 그렇게 하면 안 되지.

먹는 물에 똥 싸면 다리병신 된다는 말이 있었지. 이상하게도 정낙이 아버지는 나중에 아파서 다리를 절어 항상 집에서 놀았어. 굿을 하고 예방해도 안 나아서 걷지 못하다가 죽었지. 남 마음 아프게 하면 안 되지.
참 별일도 다 있었지.

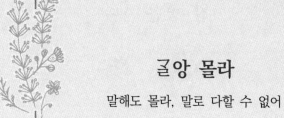

2

굴앙 몰라

말해도 몰라, 말로 다할 수 없어

어떵사 살아져신디 굴앙 몰릅니다.

어떻게 살았는지 말로 다 할 수 없습니다.

참 좋은 하루

　네 살, 화사한 봄날 마당이 떠오릅니다. 군복을 입은 두 젊은 남자가 올레를 지나 마당으로 다가왔습니다. 한 사람은 키가 크고 다른 사람은 아담했습니다. 엄마는 나를 안고 정지문 앞에 서 있었습니다. 엄마는 좀 놀란 얼굴이었지만 그저 담담해 보였습니다.

　아담한 군인이 웃으면서 내게 다가왔습니다. 군인 모자를 쓴 그는 얼굴이 매끈하고 윤기가 흘렀습니다. 그는 팔을 뻗어 나를 안았습니다. 나는 가고 싶지 않았지만, 엄마는 군인에게 나를 넘기고 말았습니다. 군인은 나를 꼭 안고 기뻐했습니다. 두려웠습니다. 엄마에게서 나를 빼앗아가는 줄 알았습니다. 나는 있는 힘을 다해 '왕' 하고 울고 말았습니다.

　"내가 아빠야."

　그렇게 어느 날 갑자기 마당으로 걸어온 아버지를 만났습니다. 호적에 출생일이 잘못 기록되어 아버지는 나를 낳은 후에야 군에 입대했고, 그날 첫 휴가를 나온 참이었습니다.

　1958년 군산에서 결혼 생활을 시작한 부모님은 오빠를 낳고 제주로 내려왔습니다. 세 식구는 작은 초가집에서 살게 되었고 내가 태어났습니다. 다시 6년 후 동생이 태어났고요. 우리 집은 동부락 서부락 사이에 있는 예쁜 이름을 가진 새동네 제일 끝에 있었습니다. 산방산이 보이는 집 뒤로 감낭, 유지낭, 사대기낭이 있었고 그 옆으로 대나무가 빼곡했습니다. 동쪽 오솔길 넘어 큰 나무가 있는 당산이 보였습니다.

전형적인 남부지방 초가삼간 집이었습니다. 정지, 마래, 안방이 있고 방 뒤에 고팡은 늘 그늘지고 어두운 곳이라 냉장고처럼 서늘했습니다. 동쪽으로 난 작은 숨구멍으로 들어온 가는 빛줄기가 커다란 항아리들 둥근 배에 닿으면 고분古墳 속 같았습니다. 보리 항아리에 감을 묻었다가 겨울에 하나씩 꺼내 먹기도 하고, 엄마는 보자기로 든든이단단히 돈을 싸서 곡식 항아리 안에 묻어두기도 했습니다. 고팡에서 뭘 꺼내 오라는 부름씨심부름를 할 때, 나무문을 삐꺽 열고 들어가면, 연기가 피어나는 관이 벌떡 일어나 귀신이 내 앞에 나타날 것만 같아 머리카락이 서곤 했습니다. 그러면서도 가끔 곤쌀쌀 한 줌을 주머니에 놓고 나올 때도 있었습니다.

토끼들이 마래 아래에 들락거리고 베랭이도 많았던 그 초가집은 중학생이 되던 해에 슬레이트집으로 바꾸었습니다. 새마을사업의 여파였지요. 동생의 수호신 같았던 해피를 묻은 우영팟듸 천막집을 만들어 집 짓는 일꾼들에게 밥을 해주기도 하고 거기서 잠도 잤습니다. 힘들었지만 새 집이 생긴다니 참고 견딜 수 있었습니다.

비가 오나 바람 불어도 부모님은 농사일로 늘 바빴지요. 씨 뿌리고, 검질 매고, 유채 비고베고 꽤 털고, 감물 들여 갈옷 만들고, 감저 심고 지슬 파고, 콩 두드리고, 태풍이 휩쓸고 지나면 쓰러진 꽤를 일으켜 세우고, 무너진 밭담을 다시 쌓았습니다. 다시 밭으로 나가 빼때기를 말리고, 조코고리조이삭 톳 고뜯고, 메주 숢고, 촐비고, 바구리 풀 바르고, 김장하고…. 갈옷에 땀이 마를 날이 없었습니다.

봄이면 감꽃 향기가 집안으로 들어왔고, 여름을 몰고 오는 빗방울이 유지낭 잎사귀를 두드릴 때마다 초록이 짙어지고, 화장실 뒤 대나무밭에는 초록비가 내렸습니다.

학교에서 왔을 때 송아지가 막 태어나 마당을 비틀거리며 걸었고, 엿장수 가윗소리 맞춰 해피가 짖으면, 우리는 침을 꿀꺽 삼키며 쇳조각을 봉그레주우러 다녔습니다. 저녁마다 미역이며 자리를 사라고 웨울르는 해녀가 올레 앞으로 지나갔고요. 마당에 친 모기장 안에서 별을 보다 잠이 들면 이슬이 내리곤 했습니다.

햇살이 따스한 어느 가을날, 엄마가 낭간쪽마루에 앉아 허꺼진 머리를 만져주셨습니다. 머리를 땋고 끝에 빨간 리본을 묶고 싶었지만, 손질이 필요 없는 단발머리를 해야 했어요. 그래도 엄마 손길이 머리에 닿을 땐 참 좋았습니다. 스르르 감기는 눈으로 푸른 하늘로 펄럭이던 흰 빨래가 보이고, 향긋한 비누냄새가 바람에 실려 왔지만 엄마냄새가 더 좋았습니다. 보름달 빵 싸들고 소풍 갔다 오고, 운동빤스 입고 가을운동회 하는 날은 어쩌다 운이 좋아 둘음박질달리기에서 상으로 공책을 받기도 했습니다. 노을이 지면 밤부리잠자리 낮게 날아다니고, 구르마에 싣고 온 꽤에서 풍기는 고소한 꽤썹깻잎냄새가 마당 가득 퍼졌습니다. 할망네 식게 먹으레 가는 길 날아다니는 불란지반딧불이 쫓아다니다 푸더지기도 했습니다.

겨울이면 앞밧듸서 오빠와 연을 날리고, 눈 내린 마당에 발자국으로 꽃을 그리고 눈사람을 굴렸습니다. 글채삼태기를 엎은 곳에 좁쌀을 뿌려 생이를 잡고, 밤이면 슬믄 빼때기 먹으며 동네에서 일어난 이야기를 듣다 보면 눈 오는 밤이 깊어갔습니다.

인동고장인동꽃 타 먹고, 찔레도 꺾어 먹고, 밭담 가시낭 얽어진 곳에 열린 보리탈멍석딸기을 타 먹고, 앞밧듸서 삥이삥아도 뽑아 먹고, 삼동 타 먹고, 입안에 단물 조금씩 남기며 계절을 보냈습니다. 계모임 갔다 온 부모님이 내미는 동고리를 입 한쪽이 찢어져라 물고, 『집 없는 천사』를 읽으며 눈물 ㅈ베기수제비, 굵은 눈물 흘리던 밤들. 서 오누이 아옹다옹 다투다가 부지뗑이부지깽이로 매맞아 울기도 하고, 베또롱 잡고 깔깔거리기도 하던 그 시절 이야기들이 살아 숨 쉬던 집에서 우리는 훌쩍 자랐고, 짝을 만나 모두 육지로 떠났습니다.

영원히 지속되는 것은 없습니다. 지나고 나면 모든 날들은 좋게만 느껴집니다. 돌이켜보면, 우리 집에서 보낸 어린 시절은 참 좋은 하루였습니다. 분쉬어신철없던 그 시절처럼 우리들 삶 전체가 '참 좋은 하루'이길 바라는 마음이 되곤 합니다.

농사일은 끝이 없고

시골의 삶은 단조로운 것 같으면서도 늘 일이 널려 있었습니다. 새해가 되면 아버지는 커다란 달력에다 일 년 동안 할 일을 적어놓으셨습니다. 보리 유채는 언제 뿌릴지, 감저는 언제 심을지, 걸름거름은 언제 낼지…. 일 년 내내 일을 하고 겨울에 잠깐 쉬기는 했지만, 겨울에도 새끼를 꼬거나 농사 도구들을 수선하느라 하루해가 짧았습니다. 누구네 집에 영장喪 나거나 잔치를 할 때면 가서 일을 해주고 천막치고 도세기를 잡는 것도 같이 도와주어야 했죠.

아이들도 농사일에서 예외일 수는 없었습니다. 그런 농촌의 사정을 감안하여 아이들에게도 집안일을 도우라고 며칠 동안 농번기 방학을 하곤 했지요. 봄에는 '보리 방학' 가을에는 '감저 방학'이 있었습니다.

유월이 되면 보리를 비고베고 모아 묶어야 하는데, 모으는 일을 우리가 했습니다. 호미낫를 쓸 줄 알면 보리를 비었는데, 보리는 뿌리가 뽑히지 않도록 기술적으로 비어야 했습니다. 안 그러면 뿌리가 올라와 아버지가 다시 호미로 쳐내야 하기에 오히려 일을 늘

우리 사는 동안에 부에나도 지꺼져도

이기 때문입니다. 보리를 탈곡할 때는 ㄱ스락보리까끄러기이 날려 옷 속에 붙어 온몸을 간지럽혔습니다. 탈곡하고 나면 보리낭도 날라야 했습니다.

유채도 비어 며칠 눕혀두면 과상하게바삭하게 마릅니다. 우리는 나르고 부모님이 도리깨로 유채를 털었습니다. 털어낸 유채낭을 나르는 것도 우리 일이었습니다. 지들커땔감로 썼기에 ㅊ근ㅊ근 잘 세워 놓아야 나중에 아버지가 눌로 눌을 수 있었습니다. 빌레왓자갈이 많은 밭인데다 유채를 비어 낸 둥치가 삐죽삐죽 죽창처럼 남아 있는 것들을 ㅂ르멍밟으며 유채낭을 안고 밭담까지 가서 세워 놓는 일은 참 힘들었어요. 힘들지 않은 농사일은 단 하나도 없었습니다.

보리밭에는 뜻밖의 일도 있었습니다. 보리밭 은밀한 곳에 꿩이 알을 낳기도 했거든요. '오소록헌디 꿩ㄷ새기 난다'는 말이 그래서 생겼는지 몰라요. 부모님이 보리를 비다가 둥지에서 가져온 꿩알을 삶아 먹곤 하였습니다. 꿩ㄷ세기는 계란보다 작고 흰자가 더 얇았습니다. 꿩은 날아다니다 와 보니 낳은 알이 없어져서 얼마나 슬펐을까요. 둥지를 뒤지다 꺼이꺼이 울었을 거예요. 꿩알을 먹을 때 그 생각으로 노른자가 목에 걸리기도 했습니다.

그때는 참 꿩이 많았습니다. 멀리서 "꿩꿩" 하는 소리가 들리면 우리는 "장서방" 하고 대답하곤 했습니다. 오빠는 겨울에 뒷밭 가시덤불에 동그란 철사를 구부린 꿩코올가미를 놓았습니다. 올가미 너머 콩이나 좁쌀을 뿌려 놓으면 꿩이 곡식을 먹으려 고개를 내밀다 꿩코에 걸려 벗어나지 못했습니다. 새벽에 뒷동산을 돌고 오는 오빠 손에는 전리품처럼 꿩이 들려 있었습니다. 어떤 때는 두세 마리씩 들고 와 옆집에도 나누곤 했어요. 끓는 물에 담갔다가 털을 뽑고 엿기름을 넣어서 푹 끓이면 쫄깃한 꿩엿이 되었는데 한겨울 동안 먹어도 상하지 않았습니다.

어느 일요일은 일도 하기 싫고 배도 고팠습니다.

"엄마, 열두 시 넘어싱게."
"볼써 경 되시냐? 경 안 되어실건디 이상허네."

부모님은 내가 시계를 돌려놓은 줄 모르고 한 시간이나 일찍 점심을 먹기도 했습니다. 밭에서 먹는 점심은 꿀맛이었습니다. 그 꿀 같은 시간도 잠시, 다시 일을 해야 했습니다.

보리와 유채를 거두고 나면 꽤를 빕니다. 꽤는 조금씩 묶어서 담벼락에 세워 꼬투리가 바삭하게 마르면 갑바를 깔고 털어냅니다. 꽤는 가격이 좋아서 수입에 많은 기여를 했습니다. 그즈음 잘라서 심고, 감저가 자라면 빼때기를 만들어 말리고, 일일이 주워 모아서 다시 말리고….

겨울이 오기 전에 김치ㄴ물 김장배추 죽인절인 것을 구루마에 싣고 산물에 가서 씻고 왔습니다. 아버지는 촐꼴도 비어 눌어 두어야 했습니다. 겨우내 소들이 먹을 음식이었지요.

촐 비레 갔다 오다가 멀리머루, 졸갱이으름 같은 것들을 따 가지고 오는 아버지를 올레에 나가 기다리곤 했습니다. 찔레순, 인동 고장, 멘넷ㄷ래목화다래, 보리탈, 들판에 천지인 삥이싱아, 산담묘올타리에 열린 모람, 입속이 까맣게 되도록 따먹던 삼동상동…. 우리들 간식은 슈퍼에서 사는 것이 아니라 언제나 자연이 내준 것들이었습니다.

　농촌의 어른들은 늘 바빴지만, 일 년에 한 번은 소풍으로 백중맞이를 갔습니다. 음식을 싸고 수박도 가져가 물에 담그고 바당에서 하루 종일 놀다 왔습니다. 부모님은 보말이랑 조개 같은 것을 잡고, 우리는 얼굴이 빨개지도록 절을 탔습니다. 다음날이면 다시 일이 끝없이 이어지곤 했지요. 부모님은 갈옷 입고 밭으로 나가고, 우리는 우리대로 바빴습니다.

어린 날의 고구마

　문인 선배가 고구마를 보내주셨습니다. 흙 묻은 실한 고구마가 우체국 상자에 가득 들어 있었습니다.

　"고구마 잘 받았어요. 맛있게 먹을게요."

　"올해는 장마 때문에 잘 안되었어. 호박 고구마도 몇 개 넣었어."

　힘들게 키운 고구마를 보낸 정성에 마음이 따뜻해졌습니다. 고구마에는 또 힘든 시절이 들어 있습니다.

　농촌의 가을은 무척 바쁩니다. 하긴 어느 계절이나 바쁘긴 매한가지입니다. 꽤 털고, 콩 두드리고, 감저도 파야 했습니다. 감저를 그냥 팔면 값을 많이 쳐주지 않기에 절편으로 만들어 말려 팔았습니다. 귤나무를 심기 전, 꽤, 유채, 감저는 우리 집의 주 수입원이었습니다. 콩, 조, 팥 같은 다른 작물도 했지만 많은 양을 했던 것은 유채와 감저였습니다. 줄기를 잘라서 심으면 뿌리를 내리고 감저가 주렁주렁 매달렸습니다. 아버지가 쟁기로 붉은 줄기를 다 걷어내면 봉긋한 이랑에 감저들이 삐죽이 고개를 내밀었습니다. 감저를 캐는 날은 눕을 빌리기도 하고, 동네 사람들과 수눌어서품앗이 하기도 했습니다.

"글겡이로 조사불지 말앙 파사 된다."

호미로 상처 내지 말라는 잔소리를 들을 때는 일하기 싫었습니다. 싫은 일을 하려니 자꾸만 상처가 났지요. 가끔 게우리지렁이가 나와 호미 날에 잘리기도 했습니다. 파놓은 감저를 군데군데 모으는 일은 우리 몫이었지요. 너른 밭에 여기저기 모아 놓은 붉은 감저 무더기를 보면 금방 부자가 될 것 같았습니다.

흙이 말라 떨어지고 나면 아버지가 '감저 기계'를 가지고 왔습니다. 옴폭 파인 곳으로 감저를 넣고 손잡이를 돌리면 칼날이 돌아가며 냅작냅작 썰려져 나왔습니다. 우리는 기계에 손을 대지 못하게 했어요. 기계 속으로 감저를 넣다가 다친 사람들이 많았거든요. 수동이지만 칼이 날카로워 위험했습니다. '착착착' 하얗게 썰린 감저를 밭에 뿌렸습니다. 돌멩이가 많은 빌레왓이라 널어놓아도 흙이 별로 묻지 않았습니다. 며칠 동안 수분이 빠지고 전분을 품으며 하얗게 마르면 빼때기가 됩니다.

일은 그때부터입니다. 그것을 모두 주워야 했거든요. 말리다가 한 번이라도 비를 맞으면 색이 변하고 곰팡이가 생겨 상품성이 떨어지기에 비에 젖지 않게 온 신경을 써야 했습니다.

비가 올듯하면 우리 집은 비상이었습니다. 밤중이든 새벽녘이든 일어나 밭으로 가야 했습니다. 자고 싶어 짜증을 내다가도 부모님을 도와야 한다는 것도 알았습니다. 옷을 입고 구르마에 올라

타 밭으로 가는 내내 졸다 보면 마른 빼때기가 메밀꽃 핀 것처럼 어둠 속에 희뚜룩이 빛났습니다.

'맨날 새벽에 일려둑데기민 눈 비비멍 빼때기 주스레 가곡. 진짜 집 나가불카.'

새벽에 일어나라는 재촉에 눈비비며 빼때기 주우러 가야만 하는 게 정말 싫었습니다. 깨울 때마다 나는 그만 집을 나가버리고 싶었습니다. 빼때기를 주우면서 농사짓고 살지 않아야겠다고 다짐하고 다짐했습니다. 어떻게 해야 그 생활을 벗어날지 알지는 못했지만, 농사일은 보는 것만으로도 힘들었습니다. 소들소들시들시들 마른 것을 모두 주워서 집 앞 테역밧디[잔디밭]에 갑바를 펴놓고 산처럼 쌓아 놓았습니다. 아침이면 열어 놓고, 저녁이면 모아서 비닐로 덮었습니다. 학교에 가는 나를 보고 엄마가 단단히 일렀습니다.

"장항 덕그곡 우영에 빼때기 덮으라이."

장독 뚜껑 덮기와 빼때기 덮는 것이 열 살 내가 해야 할 일이었습니다. 친구들과 놀게 비가 오지 않기를 바랐지만, 공부가 끝날 즈음 하늘이 어두워지며 빗방울이 떨어지고 맙니다. 한걸음에 집으로 달려와 장독을 덮었습니다. 내 키만 한 장독을 덮으려면 돌위에 올라서서 있는 힘을 다해야 했습니다. 날 듯이 우영팟으로 달려가 꼴렝이에 불붙은 여우처럼 산만큼 쌓아진 빼때기 무더기를 오르내리며 비닐을 덮고 가셍이[가장자리]를 커다란 돌멩이로 눌러났습니다. 조, 콩, 깨, 고추 같은 것들이 마당에 널려 있을 때는 멍석 양 귀퉁이를 잡고 체우쳐 곡식을 한 군데로 모으고 이불을 개듯 덮어 놓았습니다. 부모님이 농사지은 것을 잘 지켜야 하겠다는 마음으로 이레화륵 저레화륵여기저기 바쁘게 돌아다녔습니다.

저녁이 되면 밭일에서 돌아온 부모님이 씻을 물을 데워 놓고, 밥도 했습니다. 엄마가 가르쳐준 대로 솥에 쌀을 넣고 손등 언저리 부근까지 물이 올라오면 잘 맞았습니다. 솔가지나 검질지푸라기로 불을 때면서 숙제도 했습니다. 불 앞에 앉아 깜박 졸다가 교과서 귀퉁이가 그슬리거나, 흘러내린 머리카락이 타서 ㄱ스락까끄라기 머리가 되기도 했습니다. 졸다가 깜짝 놀라 눈을 뜨면 이마의 머리카락이 양털처럼 오그라들어 있었어요.

엄마는 한 방울의 비도 맞지 않게 농작물을 간수해 공판에서 1등을 받고 싶어 했습니다. 그것은 엄마 자존심 문제였지요. 당신이 만든 농산물이 최고여야 했습니다. ㅁ지직헌강단이 있고 야무진 엄마 성격은 일을 허투루 하는 법이 없었습니다. 우리 집에서 생산된 농산물은 유채든 감저든 1등품 판정을 받곤 했습니다. 공판이 끝나 식구들에게 1등 전표를 보여줄 때는 부모님의 얼굴에서 일 년 농사의 고단함이 녹아내리곤 했습니다. 엄마의 '샛별 보기 운동'이 있었기에 가능한 일이었지요.

세월이 흘러 나는 빼때기를 주우러 가지 않아도 되는 도시로 탈출하는 데 성공했습니다. 부모님은 이제 연로하시고, 엄마는 마음대로 당신의 육신조차 움직이지 못하십니다. 가꾼 농산물들은 모두 일등품을 만들었으나 정작 당신이 가진 몸은 비에 젖고 바람에 시들어가고 있었습니다. 졸음을 쫓지 못해 하품을 하며 돌멩이를 걷어차던 그 날들. 입 내밀고 붕당거리며 투덜거리며 밭으로 가던 그 어린 시절이 그리운 그림이 되었습니다.

고구마를 쪄 먹으며 나는 어린 시절로 흘러가고 있습니다.

먹구름 사이로 비추는 달빛 받은 빼때기를 줍던 그 새벽으로,

농사일을 절대 하지 않으리라 맹세하던 그 새벽으로,

팔팔한 엄마가 일어나렝 답도리하던 닦달하던 그 새벽으로….

태풍과 함께 온 것들

제주는 태풍의 길목입니다. 남쪽 태평양과 남지나해에서 발생한 바람은 해마다 제주를 지나곤 했지요. 드러누운 유채와 보리, 부러진 숙대낭삼나무 가지들. 마당에 가득한 나뭇잎들. 태풍이 불 때마다 무시무시한 바람은 집안을 흔들고 온 들판을 쑥대밭으로 만들어버립니다. 지붕이 날아가고 사람들이 죽기도 합니다. 그런 척박한 땅에 지붕을 낮게 짓고 숭숭 구멍 난 돌담 울타리를 쌓아 바람을 견뎌냈습니다.

국민학교 4학년 때. 학교에 갔더니 태풍에 지붕이 날아가고 없어졌습니다. 보름코지바람받이, 바람이 심하게 부는 곳에 있는 건물도 아닌데 지붕이 휘딱 날아가고 벽만 남아 있었습니다. 주밤낭구실잣밤나무이 있는 화단과 조회대는 멀쩡했고, 교무실 현관 앞에 종도 그대로 매달려 있었습니다. 단층 건물 동쪽 지붕은 그대로인데, 서쪽 지붕은 날아가고 뼈대만 남은 교실을 보며 운동장에 우두겡이우두커니 서 있었습니다. 부러진 나뭇가지와 날아온 나뭇잎 같은 쓰레기로 가득 널려 있는 우리 교실은 처참했습니다. 교실 뒤 '솜씨 자랑'에 붙어 있던 그림과 글짓기 작품들이 찢겨 날아가고 하나도 남아 있지 않았습니다. 공부할 곳을 잃은 나는 눈물이 날 것만 같았습니다.

우리는 학교가 지어질 동안 임시 교실을 써야 했습니다. 학교에서 한참 떨어진 마을회관 창고로 교실을 옮긴다고 했어요. 그곳은 비료나 공판하는 유채 같은 것을 쌓아 놓던 곳인데, 칠판을 걸고 책상을 놓았더니 그런대로 교실 모양을 갖추긴 했습니다. 의자 하나를 들고 낑낑대며 몇백 미터를 걸어가느라 진땀을 흘렸지요. 우리는 학교 물건을 옮기느라 마을 창고까지 왔다 갔다 해야 했습니다. 겨우 창문 하나 있고 시멘트 바닥에 운동장도 없는 그곳은 영화 「책상 서랍 속의 동화」에 나오는 교실 같았습니다. 선생님은 멀리 떨어진 본교를 드나들며 업무를 보아야 했습니다.

어느 날 청소 당번이라 남자아이들과 책상을 뒤로 밀고 시멘트 바닥을 쓸고 있는데, 어디서 꾸리꾸리한 꼬랑내가 났습니다. 구석구석을 뒤지다 비료 푸대가 쌓여 있는 것들을 모두 치웠더니 거기 중이 몇 마리 죽은 시체가 있었던 거예요. 우리는 비명을 지르며 선생님께 달려갔지요. 그렇게 몇 달을 임시 교실에서 공부해야 했습니다.

창고 시대를 마감하고 다시 학교로 돌아와 보니 깔끔하게 정리가 되어 있었습니다. 예전의 양철 지붕 대신 네모난 슬라브 건물이 들어섰고, 외벽은 미색 페인트가 칠해져 있었습니다. 페인트 냄새가 났지만, 교실은 환하고 온 세상 빛이 다 들어오는 것 같았습니다. 퀴퀴하고 햇빛 한 줌 들어오지 않는 임시 교실에 다시 가지 않아도 되니 정말 지꺼졌습니다. 하지만 학교 돌담 벽에 기대어 짧은 겨울 해를 받으며 친구와 이야기를 하던 일은 추억이 되고 말았지요.

태풍으로 마당 울타리에 있던 오래된 숙대낭도 부러졌습니다. 수확기에 접어든 곡식들을 쓰러트려 부모님의 마음을 아프게 했습니다. 해마다 그런 일을 보고 겪으며 자랐지만, 태풍은 언제나 무섭습니다.

태풍은 인간들의 오만한 태도를 응징하는 신의 입김쯤으로 여겼습니다. 재해가 오면 삶을 돌아보고 자연을 거스르지 않으려는 마음을 갖게 했습니다. 사람들은 시련을 딛고 다시 삶을 이어갔습니다. 쓰러진 농작물을 일으켜 거두고, 멜라진무너진 담을 다시 쌓았습니다. 새봄이 돌아오면 여전히 씨를 뿌리고 태풍을 맞을 준비를 했습니다.

토끼와 나

고향의 밤은 적요합니다. 막 저녁 설거지를 마치고 방으로 들어왔더니 티브이 소리만 방안에 울립니다. 아버지는 고개를 내밀고 화면에 빠져계십니다. 언제나 농사일에 바쁘던 아버지가 이제는 일을 잊고 일방통행인 화면에 넋을 놓고 있습니다.

토끼 이야기를 꺼내야겠습니다. 낮에 마당에서 어슬렁거리다 쉐막외양간 문을 열어보니, 토끼장을 만들고 토끼를 키우던 생각이 났거든요.

"아부지, 토끼 키웠잖아요."

아버지는 못 알아듣고 계속 티비만 보십니다. 더 큰 목소리로 말했더니 그제야 나를 돌아보며 먼 데로 기억을 돌리십니다.

"키웠주게. 토끼가 어린아이들에게 좋다는 말을 듣고…. 아기가 아프난 멕이젠 키웠주."

"그땐 집에 토끼 많이 키웠주. 옆 동네 간 암커 수커 한 쌍을 사 왔지. 새끼 날 땐 마래 아래 들어 강 오글오글 나 놓았주. 뒷밭에 콩 갈아신디, 토끼가 다 먹어부럼댕 밭주인이 농약 뿌려부난 하영 죽었주."

마루 아래 작은 토끼들이 폴폴 뛰어다니던 것이 떠오릅니다. 토
끼장에 가두려고 이리저리 뛰어다니며 잡았던 것도, 뒷밭 주인이
도끼눈을 하고 자꾸 우리에게 뭐라 했던 것도 기억납니다.

네 살 동생이 느닷없이 생긴 병 때문에 부모님은 걱정이 이만저
만이 아니었습니다. 골수염 진단으로 다리를 잘라야 할지도 몰랐
습니다. 서울에 있는 대학병원에 입원을 시켰고, 불구를 만들 수
없다고, 그 다리를 온전하게 지키려고 몇 번이나 수술을 해야 했
습니다. 서울 병원을 오르내리며 온갖 좋다는 초약이니 민간요법
을 병행했습니다. 지네를 말려 환으로 만든 것을 수백 마리 먹이
고, 녹나무와 약초를 넣어 달인 물에 날마다 발을 담그기도 했습
니다. 그 바람에 썩어가는 다리처럼 피부는 온통 갈색으로 변하기
도 했습니다.

어느 날 아버지가 흰 토끼 두 마리 귀를 잡고 양손에 들고 왔습
니다. 어린 토끼가 귀여웠습니다. 토끼들은 어미 소와 부룽이숫송
아지가 사는 쉐막 한 귀퉁이에서 함께 자랐습니다. 그것들을 키워
토끼엿을 만들어 동생에게 먹일 약인 줄도 모르고 나는 토끼를 키
우는 것이 너무 좋았습니다.
　토끼를 돌보는 일은 오빠와 내 몫이었습니다. 아침 일찍 오빠가
뒷동산에 가서 풀을 비어다 마당에 풀어놓고 말렸습니다. 젖은 풀
을 먹으면 토끼가 설사하여 죽을 수도 있기에 학교에 다녀와서 마

른풀을 토끼장에 넣어주었습니다. 쪼조록이쪼그려 앉아 토끼가 풀을 먹는 모습을 오래 지켜보곤 했습니다. 입에 풀을 넣고 오므릴 때마다 하얀 수염이 움직였습니다. 귀 안의 분홍색 살에는 실핏줄도 토끼 눈처럼 빨갰습니다.

토끼들이 새끼를 많이 낳아 마루 밑에 돌아다니다가 뒷밭까지 원정을 가서 콩밭을 누비고 다녔습니다. 콩밭 주인이 자기 농작물을 해친다고 농약을 뿌렸고, 새끼들은 그때 많이 죽었습니다. 더러는 도망가기도 했습니다.

겨울이 되자 집 나간 토끼들이 걱정되었습니다. 산토끼가 되었을 텐데···. 토끼들이 보고 싶었습니다. 눈이 오면 어디서 먹이도 찾을 수 없을 텐데. 도망갔던 길을 따라 다시 집으로 돌아올 거라고 기다리기도 했습니다. 토끼띠인 나는 어쩐지 우리 집에 왔던 토끼가 우리 식구 같았습니다.

토끼를 어디서 잡았는지 궁금해졌습니다.

"토낀 물에 둥그민 금방 죽어. 껍데기도 잘 벗겨져. 머리통으로 가죽 벳기면 좍 벳겨져서. 엿 고앙 아기 멕이곡. 경 허영 멕이난 아픈 것도 줜뎠주."

물에 담가 죽은 토끼 가죽을 벗기고 엿으로 고아 먹인 덕에 아픈 것도 견딘 거라고 생각하시는 아버지. 우리가 없을 때 뒤뜰 유지낭 아래서 토끼를 물에 담가 익사시키고, 머리부터 가죽을 벗기는 아버지. 피가 낭자한 토끼가 아버지 손에 들려 있는 것을 떠올리자, 영화 「버스터즈: 거친 녀석들」 속의 한 장면이 떠올랐습니다. 자식을 위해서라면 불 속으로도 들어갈 준비가 되어 있는 것이 부모의 마음입니다. 그렇게 4년 넘게 병 치료를 한 동생은 온전히 다리를 보전할 수 있었습니다. 사랑은 모든 걸 가능하게 합니다.

마당에 나와 하릴없이 토끼가 자라던 곳을 기웃거려봅니다. 지금은 창고로 개조해 쓰고 있으니 쉐막도 없고, 그 안에 부룽이도 토끼도 없습니다. 토끼장이 있었던 구석에는 삽 한 자루만 뎅그랑이 세워져 있었습니다.

어느 택시 기사 아저씨의 넋두리

시어머니 팔순에 가족이 모두 모이기로 했습니다. 공항에 내리자마자 택시를 탔습니다. 아들은 앉자마자 휴대폰을 꺼내 들었고, 앞자리에 앉은 남편은 조용히 창문을 내렸습니다. 나이가 들어 보이는 기사는 마른 체격에 신중해 보였습니다.

어떵허영 와졈수광?

느닷없는 한마디가 살아 있는 제주의 공기를 조용한 차 안에 가득 퍼뜨렸습니다. 아저씨는 남편의 이야기를 듣자마자 마치 조준하고 적군이 나타나길 기다리고 있는 군인처럼 사정없이 제주어를 난사했습니다.

아이고, 팔순 효도허레 왐쑤광.

아저씨는 우리가 대답을 하거나 말거나 속사포처럼 쏟아냈습니다.

잘 헴쑤다. 육지 가불민 어떵 부모님 볼 말이꽝게. 살앙 이실
때 자주 와사주마씸. 게난, 오젱 허민 비행기 값이영 조고만이 듭
니깡.

여비가 많이 들어도 와야지요. 허허허. 일 년에 서너 번은 꼭
옵니다.
얼른 제주어로 호환이 되지 않은 남편. 잠시 침묵. 제주 땅값이
많이 올라 좋으시겠어요.

제주 땅마씸, 아이고 말도 맙서. 땅 깞 올랐젱 허난 너도나도
땅 폴아신디, 돈은 쓰젱 덤비민 후딱 어서지고, 그 땅 폰 돈으로
다시 땅 사집니깡. 흠치 못 사 마씸. 그 돈 때문에 집집마다 싸움
안 난 집이 엇수다. 아이고, 난 그 꼴 안 보젱 양, 있는 거 다 모교
에 기증해 부럿수게.

땅 판 돈은 쓰려면 금세 없어지고 땅 팔면 다시 사지 못하고,
땅 팔고 집집마다 싸움이 난 집이 없다며 자신의 재산은 모교에
기증했다는 말을 할 때는 아저씨의 목소리에 후련함이 묻어났습
니다. 예사로운 분이 아니라는 생각이 들었습니다. 나는 읽을거리
를 슬그머니 내려놓고 아저씨 말에 귀를 세웠습니다. 익숙한 고향
말이지만 이렇게 곱씹으며 들어보기도 오랜만이었습니다. 정말 대
단한 결정을 하셨네요, 남편의 말에 아저씨는 단호한 목소리로 대
답했습니다.

저마씸? 하나도 대단허지 않아 마씸. 그거 때문에 아이들 싸움박질 헐건디, 나 성질에 그 꼴 못 봐 마씸. 할망은 새끼들 줘시민 해도. 그렇다고 할망 말을 안들을 수가 어서마씸. 환장허쿠다. 이혼허고 싶은 심정이라마씸 진짜. 나 그 돈 가졍 죽을 때까지 아무 걱정 없이 편안하게 살 걸.

자식들 주고 싶은 아내의 말도, 마땅치 않은 아저씨 마음도 이해가 되었습니다. 고향에 올 때마다 땅 분배로 어느 집이 분란이 났다는 말을 심심치 않게 들었기 때문이었습니다. 아저씨는 한숨을 쉬고 뒤를 돌아보더니 나를 보고 한마디 했습니다.

우리 아지망이랑 경허지 맙서, 양. 진짜 아방안티 잘 해야 됩니다, 양. 나이 오십 되곡 육십 넘엉 나무리문 진짜 안되어마씸.

남편에게 잘 하라며, 육십 너머 무시하면 안된다고 다짐을 놓았습니다. 갑자기 아저씨가 목소리를 높였습니다.

아, 진짜 우리 할망은 내무려가지고…. 몰르지 않주마씸 그 박봉에 쪼개영 집 장만허곡 아이들 다 교육시키곡. 거 모르지 않앙 진짜 고맙주마씸. 걸 나쁘뎅 허는게 아니우다. 경허난 ㄱ찌 사는 거주마는.

아저씨는 아내의 젊은 날을 안타까워했습니다. 힘든 생활을 잘 이겨낸 것에 대한 고마움이 가득 묻어난 목소리에 정을 실었습니다. 나도 울적해져서 창밖을 내다보았습니다. 복닥거리며 살아온 지난날들이 떠올랐습니다.

차창 밖은 고요히 흘러갔습니다. 가을을 피워 올리는 어욱억새 이 바람에 흔들렸고 들판에는 크고 작은 오름이 펜안하게 쉬고 있었습니다. 멀리 보이는 바다가 섬이 두른 파란 머리띠 같았습니다. 육지에서 사업을 하다 제주로 내려와 쓸모없는 돌밭 수만 평을 헐값에 사고, 그림 같은 광활한 정원을 가진 어떤 분이 떠올랐습니다. 거기서 나오는 돌을 다듬어 조경석으로 팔고. 그는 지금 억만장자가 되었겠다는 생각. 갑자기 격앙된 아저씨의 말소리가 들렸습니다.

경헌디, 좀 편안하게 놔둬야 허주 마씸. 지만 고생 헴수광? 나도 고생 헴주.

서로 고생한다는 말에 웃는 우리를 보고 아저씨는 심각해졌습니다.

아, 이거 웃을 일 아니우다. 이제꼬지 할망안티 못헌 거 엇수다. 진짜 헛말 아니우다. 경허민 영 골아야 헐꺼 아니꽝?

"당신도 그동안 고생 해시난 이젠 편안하게 허고 싶엉 거 허멍 살아."
아, 처음엔 경헙디다게.
경허단, 우리 동문들이 직장 퇴직허곡 놀민 뭐해 허멍 차 사그네 돈 벌엄쟁 허난 아, 그 말에 귀가 오짝해그네 양.

당신 차 사, 차 사. 허지 안험니깡.

직장 다닐 땐 양, 나중에 미국도 여행허곡 유럽도 한 달 동안 다니겡 허던 사람이 경 달라질 수 있수광? 돈이 뭣산디.

"이제 10년만 고생허여. 백세 인생인디, 나이 예순에 일 그만 뒁 놀민 사람 안 되여."

영허지 안 험니깡. 아이고 첨…. 기가 막형 예.

아이구, 돈 행 뭐 헐 것산디. 죽을 때 금딱지 관 해영 갈 것도 아니고. 첨 나. 할망 말이 맞긴 맞는 말인디 양.

친구들 말에 솔깃한 아내분이 기사님 옆에 다가가 사분사분 꼬드기는 아내분의 모습을 떠올리며 넋두리를 듣고 있으려니 웃음이 마구 터져 나왔습니다. 아저씨의 말은 점입가경이었습니다.

더 웃긴 건 양, 일 허당 점심때 되민 밥 먹으래 가겡 전화 험께.

"집이 이서? 어디 간?"

"집에 왕 밥 ᄎ령 먹어. 손이 어서 발이 어서? 나 지금 모임 나와신디."

집에 와 알아서 밥을 차려 먹으라 했다는 말에 또 웃음이 나왔습니다.

아이고 정말. 완전히. 여성이 대통령도 되더니 지도 대통령인
줄 알암신디 원. 일 허는 사람 생각행 놀당이라도 왕 점심이라도
줘얄거 아니꽝. 차 상 일허렝 해놓고 진 놀레만 다니곡. 직장생활
힐 땐 막 잘 허영 고분고분 말도 잘 들어신디, 그만 두난 양, 사람
이 경 변해 붑디다.

차를 사 주고 아저씨더러 일하라고 하고 자기는 놀러 다닌다며
고분고분하던 아내가 영 달라졌다는 말을 듣고 배를 잡고 깔깔거
리는 우리를 제지했습니다.

아, 웃을 일 아니라마씸. 모임이 어떵사 많은디 나보당 더 바빠
마씸. 머 퇴직모임이니, 무슨 동우회니, 뭐 한 달이믄 몇 번사 이
신디. 에이, 차를 사주지 말아야 허는디, 차 사줘부난….

이어폰으로 질끈 귀를 막고 휴대폰 음악을 들으며 발을 까딱거
리던 아들도 언제부터인지 고개를 들고 같이 웃고 있었습니다.

진짜 웃을 일이 아니우다. 나도 양. 결혼 허젱 허난 직장생활
했주, 직장도 안 가젱 했수게. 아, 가정 가지고 애기가 태어나난
직장 안가질 수가 있수광? 아이구 직장생활, 조직생활….
지금 허렝 허민 절대 못허주마씸. 외곽으로만 17년 넘게 다녔
수게. 시청으로 들어가 보지도 못하고 예. 변두리로만 보내 붑디
다. 고등학교만 나왔뎅 만년 계장으로 예, 진짜 설움 엄청 받았수
다. 무릎 세 번 꿇었수다.

차 안은 숙연해졌습니다. 아저씨의 목소리가 떨리기까지 했습니다. 식구들을 책임진 가장이 직장에서 밀려나지 않으려 발버둥 치는 말단 공무원의 슬픈 등이 그려졌습니다. 인사이동이 있을 때마다 얼마나 가슴을 졸여야 했을까요. 우리는 더 이상 웃지 못했습니다.

선생님도 아지망안티 잘 해삽니다. 경해야 대접 받아마씸.

기사님이 하는 말을 들으며 남편은 나를 돌아봤습니다.

아지망도 잘 해야 되쿠다.

"저도 잘 해요."
난 기어드는 목소리로 말했습니다.

지금 잘 허는 거 소용 엇수다. 우리 할망도 양 절멋을 땐 잘 했수다. 아이고 나도 대판 했수게. 아이들 다 모아 노콕, 영 날 무시하니 너네 어멍이랑 못 살아 이제 이혼 허켜, 허난 예,
"아이구, 나도 좋아. 난 혼자 사는 것이 더 좋아."
박수 치멍 할망이 좋아허난 양. ㄱ만이 생각해 보난, 연금도 절반, 있는 것도 절반, 어떵허영 삽니깡?

"자제분들이 용돈 좀 안 주나요?"

우리 사는 동안에 부에나도 지꺼져도

자식들 마씸? 아이고 난 손 안 벌립니다. 난 성격이 경해 마씸. 난 너네안티 집도 해 주고 해 줄 거 다 해줬으니까 나머지는 니네가 알앙 허곡, 니네 인생 너네가 알앙 해라, 딱 햇수다.

경헌디 우리 할망은 그게 아니라양. 어떵허영 ㅎ꼼이라도 새끼들안티 더 주젱 허는디, '난 그러면 당신하고 철저히 이혼이다' 그거 선포해 분 사람이우다. 그건 새끼들 베리는 일이다, 의지 허지 말앙 지네 스스로 살게 만들어야지. 부모에게 있다고 기대불민 안 됩니다.

자식들에게 조금이라도 더 주려는 아내와, 주면 자식들을 망치는 일이라고 생각하는 아저씨. 차 안의 분위기는 점점 가라앉았습니다. 아들은 이제 완전히 아저씨의 말에 집중하고 있었습니다. 자식이라면 어떻게 해야 하는지 동의하는 눈빛으로요. 아들 들으라고 하는 말 같기도 했습니다. 아저씨는 한숨을 쉬었습니다.

에구, 무슨 소용 있수광. 아들, 요거 컹 장개 가민 손지들이영 오순도순 살아질까 허는 꿈도 이서신디예, 막상 그게 아니라마씸. 현실은 그게 아니지 않으꽝? 이해는 헙니다. 이해 허멍도 자식은 키웡보난 예, 한 치 건너우다.

아들이 결혼하고 손주들과 재미나게 살고 싶었지만, 현실은 그렇지 못하다고 우리가 할 말을 아저씨가 미리 하는 것 같았습니다. 아들은 몸을 뒤척였습니다. 마치 무언의 다짐을 우리에게 보내듯. 내 자식도 다르지 않을 것입니다. 자식이 잘 살아야 부모가 행복하다고 늘 말씀하시던 아버지 얼굴이 떠올랐습니다.

할망이 최고우다. 할망허고 싸우멍 틀으멍 해도, 자식이 와그네 등 긁을꺼꽝? 메누리가 왕 등긁어 줍니깡? 말ㄹ당 보난 다 와싱게 마씸.

그래도 등 긁어 줄 아내가 최고라면서, 말하다 보니 다 왔다며 아저씨는 속도를 줄이고 갓길로 차를 댔습니다. 대단한 분 만나 즐겁게 왔다며 조심히 가시라고 인사를 했습니다. 아들이 나서서 짐을 내렸습니다.

"할망 말 듣는 것이 최고주 마씸. 나이 먹어 가난 예, 나가 이상케 꼬리 내려지더라고."

아내 말을 들어야 한다는 그 말에 비탈진 언덕을 힘주어 오르는 황소가 하늘 높이 세운 꼬리가 스르륵 풀리는 모습에 웃음이 나면서도 곧 서글퍼졌습니다. 우리는 어둠 속으로 사라지는 불빛을 한참 동안 보고 있었습니다.

할망네 국수

스무 살. 화순에 있는 안덕국민학교에 첫 발령을 받았습니다. 반짝이는 어린 눈동자들을 온몸으로 받으며 수업을 이어가고 있었습니다. 그때, 옆 반 아이가 부장 선생님의 전갈 쪽지를 들고 왔습니다.

"오늘 점심은 국숫집입니다."

그다지 면을 좋아하지 않는 나는 시큰둥하게 선생님들을 따라 교문 앞에 있는 오래된 집으로 갔습니다.

늙은 소가 배를 깔고 엎드린 듯 납작한 지붕에 간판도 없는 허름한 식당이었습니다. 옹색한 홀에는 크기도 각각인 둥근 탁자 세 개가 기우뚱하니 놓여 있고 그슬묵그을음이 잔뜩 낀 주방에는 할머니와 아주머니 한 분이 분주히 음식을 준비하고 있었습니다. 홀에는 이미 손님이 있어 우리는 골방으로 갔습니다. 주인만큼이나 나이 들어 보이는 낡은 궤짝이 방 한편을 차지하고 있었습니다. 아랫목의 자질구레한 할머니 세간을 밀고 상을 펴니 네 명 앉기가 빠듯했지요.

"오 선생, 이 집 국수 맛 들이면 끊기 어려울걸."

부장 선생님이 큰 눈을 동그랗게 굴리며 너스레를 떨었습니다.

할머니는 어서 앉으라고 손짓을 하며 행주로 그릇을 닦으셨습니다. 이가 빠진 틈새로 세월의 때가 묻어있는 커다란 사기그릇에 굵은 국수를 담고, 스르렁 무쇠솥뚜껑을 열자 펄펄 끓는 국물에서 피어오르는 김 속으로 할머니가 사라졌다가 뽀얀 국물을 담고 나타나셨습니다. 듬박듬박크고 푸짐하게 썬 고기를 얹고 페마농파과 꽤ㄱ루깨소금를 뿌리고 내게 건네며 쉰 목소리로 말씀하셨습니다.

"자, 단골이니 고기 하영 났져. 맛 좋게 먹으라 이. 닌 새로 와시냐?"

"네."
웃으며 할머니가 주시는 국수 그릇을 얼른 받았습니다. 주름살이 자글자글한 얼굴과 작은 체구, 구부러진 허리까지 눈에 들어왔습니다.
'이걸 어떻게 다 먹지?'
먹기도 전에 질린 나는 후추를 팍 뿌려서 휘저었지요. 젓가락에 국수 몇 가락을 돌돌 감아 입에 넣고 늠삐김치를 한입 베어 물었더니, 음? 예사롭지 않았습니다. 국물까지 들이켰더니 듬삭하고, 베지근한 맛이 입안에 가득 퍼졌습니다. 그날 이후 부장 선생님 말처럼 국수 맛은 내 입안에 들어와 앉았습니다.
그 후로도 선생님들과 함께 할망네 국숫집에 자주 갔습니다. 비라도 쏟아질 듯 흐린 어느 날, 국수를 먹으러 갔을 때 할머니 안색이 별로 좋지 않았습니다. 어디 편찮으시냐고 물었더니 할머니는 허리에 손을 얹고 몸을 폈습니다.

"날이 듬쑥허연 비오젱 햄신가. 어뜨난 아침부터 뻬빡삼쪄."

날이 흐려져 비라도 오려는지, 어쩐지 아침부터 뼈마디가 쑤신 다면서도 국수를 준비하느라 허리를 펴지 못하셨습니다.

할머니네 지붕에는 하루 종일 뭉게구름처럼 뜨거운 김이 작은 지붕 위로 피어올랐습니다. 커다란 무쇠솥에 국수 국물로 쓸 돼지 뼈를 푹 고았지요. 근동의 여러 마을에 그 고기국수 맛은 소문이 나 있었습니다. 예비군 훈련이라도 있는 날이면 한꺼번에 손님이 들어차 이웃의 살림집들까지 국숫집이 되곤 했습니다.

할머니에게 국수는 그저 '국수 한 그릇'이 아니라 할머니의 일 생 그 자체였을 것입니다. 그것이 할머니 국수 맛의 비밀이 아니 었을까요. 자신이 만든 음식을 잊지 못하여 찾아오는 손님들에게 국수 한 그릇 내주는 것이 살아가는 기쁨이었을지도 모릅니다.

내가 세 번째 학교에 근무할 때, 할머니가 돌아가셨다는 소식을 들었습니다. 국숫집이 있던 자리에는 반듯한 슬레이트집이 들어섰 고. 낮은 지붕을 볼 때마다 할망네 국수를 기억하게 했습니다. 그 렇게 자주 국수를 먹었으면서 왜 한 번도 속 깊은 얘기를 나누지 못했을까요. 그러기엔 내가 인생을 너무 몰랐던 때였습니다.

어느 날 남편과 할망네 국수 이야기를 하게 되었습니다. 남편도 근처 경찰서에서 복무할 때 자주 먹었다면서 그 국수 맛을 그리워 하였습니다.

"할망네 국수 진짜 맛 좋았지. 돼지고기 듬삭허게푸짐하게 썰엉 올린 국수! 아, 먹고프다."

나는 그때 먹었던 국수를 떠올리며 가끔 할머니 흉내를 내 국수를 만들어 주곤 했습니다. 뼈를 끓이고 고기를 삶아 그걸 만드는 일이 쉽지 않았지만, 할망네 국숫집에서의 추억을 되짚어가다 보면 어느새 국수가 만들어졌습니다. 남편은 후루룩 소리를 내며 국수 그릇에 코가 빠지듯 먹었지만, 할머니의 한이 섞여 푹 고아진 그 맛을 따라갈 수가 없었습니다.

할망네 국숫집을 떠올리면 어느덧 나는 새내기 교사로 돌아가게 됩니다. 파릇했던 내 젊은 시절. 동학년 선생님들과, 매일 껌처럼 붙어 다녔던 선배 언니와 지냈던 일들이 국수 가락처럼 이어지곤 합니다. 늦게까지 학교에서 일하고 할망네 골방에서 국수를 먹던 시절, 그리운 한순간이 스냅사진으로 남아 있습니다. 잠시 허리를 펴고 문틀에 기대어, 흐뭇하게 우리를 지켜보시던 할머니도 늘 거기에 서 계셨습니다.

추억 속의 음식은 그것에 얽힌 정을 건져 올리는 샘물 같습니다.

오랜만에 할망네 국수를 만들었습니다. 국수 한 그릇 앞에 놓고 나는 또 추억에 젖어봅니다.

***

서울에서 '어멍네'라는 국숫집을 하는 제주도 친구가 있습니다. 그녀가 만드는 국수가 할망네 국수와 가장 비슷합니다. 우리 부부는 가끔 어멍네 국숫집에 갑니다. 사골국물에 돼지고기를 듬식하게 올려 정성껏 만든 국수와, 그녀가 만든 세우리김치를 곁들여 맛나게 먹습니다. 그때마다 할망네 국수를 먹던 때로 돌아가곤 합니다.

우리 사는 동안에 부에나도 지켜져도

준셈 이신 어른이엇쩌
잔정 있는 어른이셨어

시댁에 갈 때마다 내가 할 일은 '6·25로 시작해서 감나무로 끝나는' 시어머니 말씀을 들어드리는 일입니다. 늘 집 옆에 주차한다는 앞집 남자 이야기, 옆집에 이사 온 육지사람 이야기, 아랫동네 할머니 며느리가 암에 걸린 이야기, 당신이 살아온 이야기….

말을 많이 한다는 것은 외로움의 증거일 것입니다. 나들이를 많이 하지 않는 어머니는 입에 거미줄 칠 만큼 대화 상대가 고픈 것이지요. 나의 의견을 들을 필요도 없고 반응을 볼 필요도 없습니다. 그저 가끔 추임새만 넣어드리면 됩니다. 그리 어려운 일도 아니건만 잘 되지 않습니다.

지난 추석 연휴에도 시간만 나면 책을 펼치거나 노트북 자판을 두들기며 어머니 얼굴을 차단하고 말았습니다. 어머니는 내 동태를 살피며 뭔가 말씀하려다가 돌아서곤 하셨습니다. 연휴가 끝나는 마지막 날, 나는 온전히 하루를 어머니 말씀을 들어드리기로 했습니다. 책과 노트북을 치우고 어머니 얼굴을 바라보았습니다. 어머니는 기다렸다는 듯이 내게 다가왔습니다. 신바람이 나서 이야기를 구구절절 풀어놓기 시작하셨습니다. 주름진 작은 얼굴에 생기가 피어났습니다. 눈빛은 빛나고, 말은 빨라지고, 목소리도 높아졌습니다.

시작은 고넹이고양이였습니다. 시골 어디든 야생 고넹이들이 많습니다. 어머니 집에도 예외는 아니라서 길냥이들은 어슬렁거리다가 어느 틈에 제사상에 올리려고 말리던 생선을 낚아채 가기도 했습니다. 그래도 어머니는 고넹이들이 올 적마다 음식을 주고, 남은 음식을 우영팟 구석에 놓아두곤 했습니다.

어느 날 어머니는 집안일을 많이 한 탓에 아직 해가 남아 있는데도 자리에 누웠습니다. 그날따라 한참 동안 고넹이 울음소리가 그치질 않았습니다. 고넹이 떼창이 하도 처량해서 나와 보니 새끼 고넹이, 어미 고넹이, 노란 고넹이, 검은 고넹이…. 여러 마리의 고넹이들이 이제는 쓰지 않는 마당 끝 재래식 통시변소 주변을 왔다 갔다 안절부절 서성거리고 있었습니다. 가 보니 고넹이 새끼 한 마리가 변소 구멍에 빠져 허우적거리고 있더랍니다. 어머니는 기다란 막대기 끝에 줄을 묶고 고넹이 목에다 빙빙 돌려 감아 걸기를 여러 차례 한 끝에 그것을 건져 올릴 수 있었습니다.

"에고, 어떵허단 여기 빠져시니, 다음부턴 이런디 오지 말라이."

어머니는 대야에 물을 떠다 온통 오물 범벅인 고넹이를 씻겨주었습니다.

"물 비우멍 시쳐주난 고넹이 새끼가 비틀거리단 스망이도 잘 걸어라게. ㅎ꼼 이시난 고넹이덜이 떼로 몰려왕 문 앞에서 매웅매웅 허지 않허느냐. 아맹해도 고맙댕 허는 거라 이."

씻겨주었더니 비틀거리던 고양이가 다행히도 잘 걸었습니다. 조금 있으려니 간 줄 알았던 여러 마리가 몰려와 한참을 야옹거리더랍니다. 아마도 고맙다는 인사를 하는 것이라고 여겼습니다.

"이번엔 못 보던 고넹이가 와서. 그전에 왔던 희뚜룩헌 늙은 고넹인 죽어싱고라. 이젠 안 와."

어머니는 집에 오는 고넹이들을 기억하고 계셨습니다. 더 이상 오지 않는 흰 고넹이가 죽었는지 걱정이 되셨고요.

"고넹이 그거 춤 영물이여. 주인헌티 서운허민 배염도 물어당 논 댕 안허느냐."

주인이 미워하면 뱀을 물어다 놓기도 한다면서 내 눈을 빤히 들여다보셨습니다. 육지서 가끔씩 내려오는 자식 대신 고넹이가 날마다 찾아와 어머니를 돌보는 듯하여 고마운 생각이 들었습니다.
어머니는 길냥이들과 이야기하고 살아 있는 모든 것들과 이야기를 합니다. 우영팟디 자라는 부루상추도 다독이며 말하고, 하얗게 꽃을 피운 세우리에게도 말을 건넵니다. 어머니가 하는 말을 알아듣기나 하는 것처럼 부루는 윤기가 흐르고 어랑진 이파리가 입에서 녹을 듯합니다. 세우리도 통통하게 올라와 하얀 꽃을 피웠습니다.

준비하고 있었던 것처럼 어머니 이야기는 끊임없이 이어졌습니다. 성격이 급한 아들들은 '6·25에서 감나무로' 끝나는 말을 다 들어드리지 못합니다.

오래전에 돌아가신 아버님 이야기로 이어졌습니다. 법 없이도 사실 분이라고 소문이 날 만큼 자상하고 다정하신 분으로 알고 있었기에 성격이 급했다는 말은 금시초문이었습니다.

"아버님이 자상하셨다면서요?"

긍정 반 부정 반 고개를 젓는 어머니 얼굴에 어두운 그림자가 일었습니다.

"들일 가젱 허민 이, 동새벡이부터 밥허곡 점심 츠령 구덕에 담고, 아이들 밥 멕이곡, 설거지허영 도세기 것 주곡. 그 일을 다 허당 보민 늦어지지 안 허느냐."

새벽부터 밥하고 점심 차려 바구니에 담고, 아이들 밥이며 설거지며 돼지 먹이까지 주고, 그러다 보면 당연히 늦을 수밖에 없었습니다. 그렇게 부지런을 떨어도 아버님은 마당에 서서 재촉했습니다. 싸움을 피하려 어머니는 대답을 하지 않았지요. 말하지 않는 게 능사는 아니지만, 어머니는 그 순간을 넘기는 것이 더 낫다고 생각하셨습니다. 성격이 급한 사람에겐 적당히 맞춰 주고 구슬리면서 마음을 가라앉히면 되지만, 어머니에게는 그럴 마음의 여유가 없었습니다.

늦가을이면 겨우내 소에게 먹일 새촐을 베고 그것을 동그랗게 묶어 눌을 눌었습니다. 어머니가 눌 위로 촐 묶음을 올리면 아버님은 그것을 둥글게 돌리면서 단을 쌓았습니다.

"하나라도 삐져 나왕 큿징허지 않으민 이, 다 멜랑 새로 눌어시네. 경허민 북둥메기 뒈싸져도 어떵허느니, 보통 꼼꼼헌 게 아니라노난 시키는 대로 해사주 어떵허느니."

한 묶음이라도 끝이 맞지 않아 어긋나면 여태 쌓은 탑을 허물고 다시 쌓으셨습니다. 화가 나 복장이 뒤집어져도 아버님이 시키는 대로 해야 했던 어머니. 그렇게 눌 눌다 보면 밤이 되어 집에 오기 일쑤였습니다.

우리 남편을 가졌을 때, 밭에서부터 출산 기미가 있었습니다. 저녁이 다 되어서야 집에 와서 아기를 낳을 준비를 다 해놓고 방으로 들어오는데 아버님이 부르셨습니다. 비료포대를 쌓아 놓은 곳에 쥐가 쏠아놓은 구멍으로 비료가 새고 있었던 거예요. 그것을 같이 들어붓고 방으로 들어오는데 막바지 산통이 이어졌습니다. 아버님은 근처에 사는 아지망아주머니, 여기서는 형수님을 부르러 가려는데 그만 아이를 낳고 말았습니다.

"경 아기 나민, 나냥으로 아기 베또롱 줄 끊창 허곡. 매칠 눕지도 못행 보리검질 매래 가곡…."

지푸라기 깔아 놓은 방에서 핏덩이를 낳고, 탯줄을 끊는 어머니. 몸조리도 못하고 보리밭에 김매러 나가야 했던 어머니. 그렇게 사남매를 낳아 기르셨습니다. 표현하지 못하고 가슴에만 묻어 둔 탓이었을까요. 오랜 세월, 고단한 생활이 어머니에게 깊은 병을 가져왔습니다. 입원한 어머니는 절망하여 기운을 잃고 있었습니다.

아버님이 병원에 오셨습니다. 작은 체구의 아버님은 가져온 음료수를 병상 탁자 옆에 놓았습니다. 들일로 까맣게 탄 얼굴. 막 밭에서 돌아온 아버님의 몸에서는 풀냄새가 났습니다. 아버님은 파리하게 누워 있는 어머니를 가만히 내려 보셨고요. 그렇게 두 눈을 맞추고 잠시 서로를 바라볼 새도 없이 살아온 세월이었습니다. 아버님은 거친 손으로 어머니의 두 손을 잡았습니다.

"내가 저사름 너무 힘들게 헹 아프게 해서. 미안허여."
"그 흔 마디에 이, 여기 돌덩어리가 오꼿 쑥 내려가부런게."

어머니는 가슴을 치며 울먹였습니다. 단 한마디. '미안해.' 그것이면 족했는지도 모릅니다. 정작 그런 아버님은 당신이 아픈 것은 말도 못하고 혼자서 병을 키우다가 먼저 가셨습니다.

"경해도 춤 부지런허곡 존셈 이신 어른이었쪄. 먹엄직헌 거 이시민 꼭 나 주쟁 했주게. 축강에 강 밤 근무허당, 요 동고리라도 생기민 슬째기 왕 머리맡디 놔뒁 가곡 해서…."

그래도 참 잔잔한 마음씀씀이가 많았다고, 먹음직스러운 것은 당신을 주려고 했다며 어머니 얼굴이 환해졌습니다. 부두에서 밤 근무하다가 간식으로 나온 사탕을 가지고 와서는, 살짝이 방문을 열고 어머니 머리맡에 넣어주고 근무지로 돌아가시는 아버님 모습이 보이는 것 같았습니다.

　고넹이로 시작한 이야기는 아버님 이야기로 끝이 났습니다. 어쩌면 어머니는 고넹이보다 아버님 이야기를 더 하고 싶으셨던 것 같습니다. 이야기를 하는 동안 어머니 입안의 거미줄도 걷혔겠지요.

　어머니는 서울에 와서 직장에 다니는 나를 도와주며 8년 동안 우리 아이들을 정성으로 키워 주셨습니다. 서로에게 베푼 존셈은 좋은 추억이고 따스함으로 남습니다. 살면서 서로에게 좋은 추억을 만드는 것은, 나중에 남겨질 이들에게 주는 선물이기도 합니다.

　"언치냑은 이, 아방이 왕 슬째기 이불 덮어줘덩 가라."

　어젯밤에 어머니 꿈에 오신 아버님. 어머니에겐 아버님이 살아계신 듯합니다. 이불을 여며 주며 가만히 어머니 얼굴을 내려 보시는 존셈 많은 아버님. 하늘에서도 어머니 곁을 지키며, 살아서 못다 한 애정을 쏟으시는 것이 틀림이 없습니다.

***

　모 일간지에 매주 수요일마다 독자들이 사랑한 말이나 명사들이 좋아하는 말에 대한 짧은 에세이가 실리는 「말모이 코너」가 있었습니다. 마침 어머니께 들은 이야기를 써 놓은 것이 있어 천 자로 줄여 보냈더니 신문에 실렸습니다. 그 후, 지인들의 문자가 여기저기서 날아왔습니다.

'죽강부두에서 놀던 어린 시절이 그립다, 따뜻하게 해 줘서 고맙다, 옛 생각나서 눈물이 핑 돌았다, 셋거는 페라와도 존셈 이신 아이였주둘째는 까탈스러워도 잔정이 많은 아이였지,라는 말을 늘 할머니에게 들었던 생각이 난다, 돌아가신 선친 생각에 사무친다….'

그들에게 존셈어린 일을 되살려 준 듯하여 흐뭇했습니다.

서로에게 존셈을 베푸는 날들이길 바라겠습니다.

이 글로 원고료 8만 원을 받았습니다.

"어머니, 반띵 해요."

소재를 제공한 어머니 몫으로 오만 원을 드렸습니다. 어머님이 기뻐하셨습니다. 당신 생애에 처음 받아보는 원고료였지요.

바람 한 점 없이 따뜻하던 섣달 스무날, 어머님은 소천하셨고 아버님 옆에 누우셨습니다. 두 분이 오랜만에 만나 따스하실 것입니다. 어머님이 가신 뒤에도 뒤뜰에 부루는 덤박ㅎ게무성하게 자랐고, 세우리도 담 아래 솜박 돋아나 흰 꽃을 피웠습니다. 어스름이 내리면 고넹이 몇 마리가 대문을 어슬렁거리지만, 이제는 어머님 목소리를 들을 수 없습니다. 아버님 어머님, 하늘나라에서 평안하시길 빌겠습니다.

어머님, 아버님! 고맙습니다.

외갓집 고갯마루에 노을이 지고

　드디어 마지막 고개가 보였습니다. 완만한 언덕 사이로 구부러진 오솔길을 꺾어 올라가면 내리막길이 이어지고 동네 어귀로 들어설 수 있었지요. 아버지는 힘을 내라고 어린 딸을 다독이셨고요. 외가까지 가는 2킬로미터가 넘는 산길은 일곱 살짜리에게는 쉽지 않았지요.

　외할아버지 기제사에 가는 길이었습니다. 언제나 저 고개를 넘으면 동네 어귀가 나타났고, 먼 데서 개 축구는짖는 소리가 들렸지요. 나는 갑자기 기운이 나서 신발에 흙이 튀도록 내리막길을 와릉와릉요란스럽게 달려갔습니다. 전봇대처럼 뻗은 숙대낭 길을 지나고 담배 가게 담벼락을 돌면 할머니네 뒤란 복숭게낭복숭아나무이 보였습니다. 긴 올레로 뛰어 들어가 고기 굽고 고사리 볶는 냄새가 가득한 마당을 지나 할머니 품에 안기곤 했지요.

　다음날, 고갯마루를 넘으면서 나는 할머니네 동네를 꼭 돌아보곤 했습니다. 그 고개를 넘으면 할머니네 동네가 보이지 않았거든요.

　외가의 농사일을 돌봐주던 아버지가 외가로 떠날 준비를 할 때마다 같이 간다고 떼쓰곤 했습니다. 재미있는 이야기도 해주고 퀴

즈도 많이 내주셨기에 아버지와 걷는 길은 힘들지 않았습니다. 길가에 핀 인동고장을 한 줌 따서 단물을 빨고 길바닥에 뿌리며 동화 속 길 잃은 오누이 흉내도 내고, 쏟아지는 은하수 아래를 아버지 손잡고 걸을 때면 어둠 속에서 풀벌레들 노랫소리가 들판을 메웠습니다. 감저를 캐고 난 빈 들에 귀뚜라미들이 뛸 때면 어욱이 자꾸 고개를 주억거렸고, 아버지는 "아~ 으악새 슬피 우니 ~"를 어김없이 부르셨습니다. 그때마다 마른 상수리나무 잎들이 '사~사' 반주를 넣으며 떨어졌고요. 눈 쌓인 고갯마루에 서면, 동네로 들어가는 가느다란 황톳길이 꿈결처럼 아득했습니다.

언젠가 외가에 가는 길에 노을이 지고 있었습니다. 저물어가는 해는 온 갈기를 허공에 펼쳐 놓았고요. 언덕 능선이 마지막 햇살에 반짝거렸고, 낮은 지붕들을 품은 따사로운 기운이 외가 마을에 가득했습니다. 저녁을 준비하는 연기가 피어오르고, 다복다복 식구들이 작은 상에 둘러앉아 슬믄 지슬을 먹으며 이야기꽃을 피울 것이었고요. 고개 넘어 아늑한 '샹그릴라' 같았어요. 그러나 외가 마을이 천국이 아니었다는 것을 그땐 몰랐습니다.

4·3이 터진 어지러운 시기. 낮에는 군인들이 와서 괴롭히고, 밤에는 '산사람들'이 와서 못살게 했습니다. 이장이던 외할아버지는 산사람들에게 붙들렸다가 감시의 틈을 타 고개를 넘었습니다. 낭간툇마루에 앉아 가쁜 숨을 돌리기도 전에 외할아버지는 돌아오지 못할 고개를 넘고 말았습니다. 밭 갈고 소 키우며 식솔들을 배곯지 않게 거념하던돌보던 영문도 모른 촌부. 그에게 이데올로기는 산 넘어 노을보다 멀었건만, 이념의 총부리는 등 뒤에 있었습니

다. 엄마는 열세 살 그때 일을 잊을 수가 없다고 가슴을 쳤습니다.

"아이고, 무사 기억 안 나느니. 아방이 올레 들어오자마자 경찰이 조차 들어왕 탕탕탕 총 쏜난 맞앙 픽 쓰러지지 않허느냐, 게난 우린 집 뒤이 곱았당 어멍이영 뛰어강 아방, 아방 불러신디, 총 맞은 디서 배설이 와락 솓아지는 거라. 그걸 어멍이 손으로 쓸어 담았시녜.

난 이, 숨 쉬지 못허크라라게. 우리 어멍 울멍 시르멍 아방 구루마에 식경 병원 가젱 허는디, ᄌᆞ끗디 병원은 이서시냐게. 아방이 물, 물 허는 걸 어뜬 사름이 들엉 물 줘부난 오꼿 숨이 다해부런. 니네 이몬 이, ᄆᆞ수왕 곱은 디서 나오지도 못행 …."

따라 들어온 경찰이 쏜 총에 맞은 할아버지. 숨어 있다가 그 광경을 보고 뛰어나온 엄마. 할아버지 몸에서 흘러내리는 내장을 쓸어 담는 할머니. 할머니 곁에서 엄마는 숨을 쉴 수 없었습니다. 구루마에 싣고 병원을 가려니 가까이 병원도 없었습니다. 물을 찾는 할아버지에게 누군가 물을 줬고, 할머니 품에서 할아버지 그렇게 돌아가셨습니다. 이모는 무서워서 나오지도 못하고.

할아버지를 쏜 경찰은, 그즈음 부모가 산사람들에게 죽임을 당하고 복수에 눈이 멀어 있었습니다. 부모의 죽음 앞에 제정신이 아니었겠지요. 그렇게 죄 없는 이들을 쏘았던 그 경찰은 나중에 사람들에게 맞아 죽었다는 소문이 돌았답니다.

"그 일 나난, 경찰이 마을 집들 다 소개疏開허캥 허난, 보따리 하나 들르곡 쫓기드끼 화순으로 내려와시녜. 화순서도 ᄌ녁이 운동장에 모이렝 허난 어멍이영 가는디, 아방 아는 사름이 곱줘 줜게.

경허난 살았주, 경 안 해시민 우리도 운동장에서 총 맞앙 죽었주. 그때 오족 하영 죽어시냐. 에고, ᄀᆞᆯ앙 몰른다."

소개령이 내린 후, 살림살이도 버리고 보따리 하나 들고 화순으로 내려왔지만 소집명령으로 안덕국민학교 운동장에 가는 걸, 아는 분이 숨겨 주어 목숨은 부지했습니다. 운동장에서는 총소리가 빗발쳤지요. 만일 그때 그분이 아니었으면 엄마도 이 세상 사람이 아니었을 것입니다. 말로 다 할 수 없는 피비린내 나는 역사의 질곡이었지요. 핏빛으로 물들인 그 일을 황톳길 풀숲에 묻고, 세월은 흐르고 또 흘렀습니다.

이제는 마농꽃 피던 긴 올레로 뛰어 들어가 외할머니를 만날 수도 없고 유년의 고개는 기억에만 남아 있습니다. 외가로 가던 길가에는 아직도 봄이면 인동꽃이 피고, 가을바람에 어욱이 올 것입니다. 할아버지 식겟날이 되면, 고갯마루에는 눈물처럼 노을이 붉을 것입니다.

할머니 시집을 읽으며

　누구라도 유년 시절 가장 기억에 남는 한 사람을 꼽으라면 그들 중에는 반드시 할머니가 있을 것입니다. 할머니와 추억을 가진 사람이라면 사랑이 어떤 것인지 구체적으로 알고 있는 사람이라고 생각합니다. 할머니는 고향이고, 사랑입니다. 세상 모든 할머니는 우리 할머니 같습니다. '할머니'라는 글자가 할머니 얼굴같이 동동 떠오릅니다.

　곡성 그 동네에 조용한 국문학도가 자리를 잡고, 시간을 보내는 아이들을 품을 마음으로 작은 도서관을 만들었습니다. '길 작은 도서관'. 동네 할머니들이 책 정리를 도와주셨습니다. 거꾸로 놓인 책을 바로 놓아 달라고 했는데, 바로 놓인 것조차 거꾸로 놓고 있었습니다. 도서관장은 그것을 보고 할머니들에게 글을 가르쳐야겠다고 마음먹었습니다.

　할머니들은 늦은 공부가 즐거웠습니다. 한평생 글 모르던 설움에서 벗어날 것 같았습니다. 농사일을 하다가도 시간이 되면 호미를 던지고 몸을 씻고 물에 밥 한 숟가락 말아먹고 달려왔습니다. 글을 배우는 기쁨은 그렇게 할머니들을 날아다니게 했습니다. 모든 일이 그렇지요. 내가 하고자 하는 일은 누가 시키지 않아도 신명이 나거든요. 글을 배운 그들은 시를 썼습니다. 글 배우는 것은 좋았으나 시를 쓰는 것은 어려웠습니다. 살아온 수십 년의 세월을 한숨으로 내뱉었습니다. 그러니 시가 되었습니다.

그렇게 10년 동안 아홉 명의 곡성 할머니들이 쓴 시에 그림을 그려 소박한 시집 『시집살이 詩집살이』가 만들어졌습니다. 소문이 나서 영화에도 출연했습니다. 할머니들은 이제 시인이며 영화배우가 된 것입니다. 일흔이 넘고 여든이 넘어서 새 세상을 살고 있습니다.

마음으로 쓴 시는 진실했습니다. 아름다웠습니다. 그들의 살아온 슬픔과 기쁨이 가슴에 남아 깃발처럼 펄럭입니다.

눈이 하얗게 옵니다
시를 쓰라고 하니
아무 생각도 안 나는
내 머릿속같이 하얗게 옵니다…
- 「눈」 최영자

…
손도 없고 발도 없어
도망도 못 가는 눈사람
지천 듣고 시무룩
벌서는 눈사람
- 「눈사람」 김막동

눈이 사뿐사뿐 오네
시아버지 시어머니 어려와서
사뿐사뿐 걸어오네
- 「눈」 김점순

시 한 줄 한 줄에 할머니들의 지난한 삶이 녹아 있습니다. 압축
하거나 이미지를 녹이지 않아도 할머니들이 쓴 시들은 마음을 울
립니다. 시 옆에 할머니들이 직접 그린 그림도 아기자기합니다.
강생이가 짖고, 아기를 업은 채 누군가를 기다리고, 아궁이에 불
을 때고, 엎드려 시집살이 책을 읽는 그림···. 그림 속에도 그들의
영혼이 담겨 있습니다.

동생이 태어나자 엄마는 농사일과 아이 셋을 키우기 힘들어 나
를 외할망네로 자주 보냈습니다. 학교에 들어가기 전에는 할망네
집에 거의 살다시피 했습니다. 할망네 올레에 피는 마농꽃흰꽃나도
사프란을 뜯어 기어 다니는 개미를 올리며 놀고 고치밤부리고추잠자
리 잡으러 마당을 뛰어다니기도 했습니다. 저녁이면 할망은 장작
불을 때고 내가 좋아하는 팥죽을 끓이셨습니다. 장작불 빛에 할망
얼굴이 노랗게 젖어보였습니다.
할망네 집에서 우리 집까지는 2킬로미터가 넘는 버스도 없는
길이었습니다. 돌멩이가 튀어나와 자꾸 코고무신이 걸리던 그 길
을 걸어서 할망은 우리 집에 자주 오셨습니다.

"우리 강생이 이레 오라. 아이고, 개역이영, 녹디영 폴이영 하

근 거 정 오쟁 허난 늦었져.”

미숫가루와 녹두와 팥이랑 온갖 것을 지고 온 할머니는 짐을 부려 놓으면서 보자기 속에 간식거리를 꺼내 우리를 즐겁게 했습니다. 우리 강아지라고 아껴주는 할머니가 올 때는 정말 좋았습니다.

제주시에서 학교에 근무할 때, 할머니와 잠시 같이 살았습니다. 할머니는 퇴근 시간이 되면 김치찌개를 끓여 놓고 나를 기다리셨습니다. 노란 냄비에 끓인 그 김치찌개가 세상에서 제일 맛있었습니다.

어느 날 퇴근을 하고 왔더니 할머니가 엎드려서 라디오 다이얼을 이리저리 돌리고 계셨습니다.

“서울선 그 노래가 나왐게마는 무사 여기선 안 나왐싱고 이?”

서울에서 들었던 노래가 제주에서는 나오지 않는다며 난처해하셨습니다. 할머니는 강은철이 부른 ‘삼포로 가는 길’을 좋아하셨습니다. 편안한 리듬이 할머니 마음에 가 닿았던 것일까요.

“아아~ 뜬구름 하나 삼포로 가거든
정든 님 소식 좀 전해주렴
나도 따라 삼포로 간다고~~”

노래에 맞춰 발끄락을 끄딱끄딱하며 먼 하늘을 물끄러미 바라보곤 했습니다. 어쩌면 할머니는 할아버지가 떠나신 길을 그려보는 건지도 몰랐습니다. 나는 얼른 대답을 할 수가 없었습니다.

"아, 또 나올 거예요"

얼른 할머니를 안고 말았습니다. 귀여우신 우리 할머니.

할머니는 4·3때, 할아버지를 잃고 평생 말할 수 없는 고생을 하셨습니다. 삼대독자 외삼촌을 키우고 집안 거념하느라 할머니는 몸이 부서져라 일을 했습니다. 성공한 아들이 베풀어 준 미수연을 멋지게 하고 구십이 넘을 때까지 사셨습니다.

내가 결혼하고 얼마 되지 않았을 때 할머니가 돌아가셨습니다. 병원 영안실에 들어가 할머니 마지막 모습을 뵈었습니다. 그때 나는 서른이 넘어서야 처음으로 주검을 보았습니다. 할머니가 그렇게 작을 수 없었습니다. 한 줌밖에 안 될 듯, 만지면 부서질 듯, 가느다란 팔다리를 내놓고 고요히 누워 계셨습니다. 할머니 숨소리가 들리는 것만 같았습니다. 분 바른 듯 하얀 얼굴에는 자글자글한 주름이 덮고 있었지만, 자는 것처럼 편안편안했습니다. 도무지 돌아가신 것을 믿을 수 없었습니다.

장의사가 염하는 것을 가까이서 보았습니다. 할머니 작은 몸을 삼베로 싸고 또 쌌습니다. 다리를 싸고, 팔을 모아 몸을 싸고, 얼굴까지 보이지 않게 칭칭 동여맸습니다. 이제 움직이지도 못하는 할머니를 왜 그리 꽁꽁 싸매고 있는지 나는 그들을 말리고 싶었습니다. 할머니가 아파 보였습니다. 할머니 영혼이 하늘나라 따뜻한 곳으로 훨훨 날아가야 되는데, 저리 묶어 놓으면 차가운 땅속에서 못 나오실 것만 같았습니다.

당신은 왜 못 올까
저 달은 세상을 다 본디
나는 왜 못 볼까
어둠 뒤에 가려진 당신을
나는 왜 못 볼까
- 「서럽다」 박점례

할머니들 시를 읽으며 나는 울었습니다. 우리 외할망이 생각나서. 책 속에서 살아 계신 외할망 얼굴을 마주하고 있는 것만 같았습니다.

꿀죽을 쑤고 있는 우리 할망. 올레에 핀 마농꽃 같던 우리 임옥수 할망. 하늘나라에서 펜안헙서예.

문이가 들려준 아버지 이야기
- 넉둥베기 재미나게 행 왕 보난…

우리 아부진 이 정말 어이어시 돌아가션게. 이제 생각해도 이, 원 믿을 수 어서. 어멍이 노실허영 이, 천지 분간허지 못행 자꾸 어디로 나뎅기는 거라. 게민 아부진 어멍 ᄎ자당 밥도 멕이곡, 몸도 씻기곡, 어멍을 경 알뜰허게 돌봤주게. ᄒ썰 다투당도 이, 경 두 분이 아껴주멍 살았주게.

육지 사는 자식들은 어멍 아픈거영 아부지 힘든 거영 생각허민 ᄆ음 아팡 했주마는, 아부진 이, 끝끝내 어멍을 돌보켕 허는 거라. 경 우리 아부지 ᄌ셈이셨주게. 우리 클 때도 이, 공부허렝 준다니 ᄒ 번 안 헌 어른이라. 경 우리덜 믿어주더라고. ᄯᆯ 아들 차별 안 허곡 이 똑 ᄀ찌 대해주곡 우리 아부진 ᄎᆷ말 반듯헌 어른이었어.

우리 어멍은 아부지영 정반대게. 새끼들 안티 잘 ᄀ르치지 안 햄뎅, 놀레 뎅기멍 공부 안 허는 것도 두루쌍 내부럼뎅, 드러 준다니 했주게. 아부지가 책이라도 읽젱 허민 그거 읽으민 밥이 나옴니깡 돈이 나옴니깡 허멍, ᄌ자정 이, 저추룩 허난 새끼들도 닮앙 경햄뎅 드러 허주내더라고. 경해도 아부진 어멍안티 부에도 안 내곡 이, 애들앙 허지도 안해.

게난게 어멍도 이, 오족 고생 하영 해시냐게. 자식들이영 집안 살림살이영 거념허곡 살쟁 허난 이, 얼마나 힘들어실거니게. 경허단 보난 아팠주만은. 미깡 탄거 콘테나에 담앙 싸놔신디 이, 그것더레 쓰러지멍 머리 다천게. 그따문 뇌출혈 왕 이, 치매가 빨리 왔뎅 의사가 경 ᄀᆞᆮ더라고.

추석날은 제 지내곡 멩질 끝나난 아부진 동네 사름들이영 재미나게 넉둥베기 했뎅. 경 놀당 집에 왕 보난 어멍이 어신거 아니. 어멍이 자꾸 가는 디 다 ᄎᆞ자 봐도 어시난 마음이 얼마나 급해실거니게. ᄉᆞ못 걱정되영 이, 어멍 ᄎᆞ지레 다니단 보난 날은 어둑어부런. 혹시 중문에 가시카부뎅 탈탈이 시동 걸었지. 옷도 못 갈아 입은 채⋯. 중문이 강 보난 거기도 어싱거라. ᄒᆞ저 집에 오젱 탈탈이 탕 오당 이⋯ 그만⋯. 세상에 거의 집에 다 와갈 때렌.

게난 어떵 사고 나신지도 몰라. 그 밤이 화륵화륵 뎅기는 차덜이 탈탈이를 보지 못해싱ᄀᆞ라. 아부지 탈탈일 들이받앙 부딪쳤뎅. 허난 아부진 이, 아프뎅 아고 소리도 못해 보곡 병원에 가 볼 새도 어시 그냥 그 자리에서 돌아가셔부런.

갑자기 동생이 울멍 전화 완 이, 막 울멍 아방 돌아가셨뎅 말허는 거라. 난 이, 심상허게 응? 누게 아방? 허고 물었다니까. 믿어지크냐게. 경 건강허던 아부지가 왜? 갑자기. 이 노릇을 어떵허코. 금착허영 정신이 어신거라, 다리가 복삭허곡 는착허영 이, 가슴이 콱 멕형 말을 헐 수가 어서라게. 우리 아부지 마지막도 못 보곡 경 억울헐 수가 어. 병이라도 이서시민 덜 허망허주게.

넉둥베기 헐 땐 '모'도 하영 내와시멍 당신 목숨은 멍석 바끄띠 내부쪄부느니게. 우리 아부지 경 돌아가셩 불쌍허영 어떵헐거니 게. 너무 가슴 아팡 이, 아부지 생각만 ᄒ민 눈물이 숙닥허여.

ᄒ펜으로 생각해 보민 하영 다청 병원에서 호흡기 꼽앙 고생허 는 것보단 나슬지도 몰라. 새로 맞춘 멩질 한복 곱닥이 입은 채로 고통어시 가신 것이 ᄉ망인지도 몰라. 살아 생전 고생만 허당 이, 경 가신 우리 아부진 몇 년 지낭 어무니 만나셨거든. 하늘나라에 선 두 어른 고생허지 안허곡 펜안ᄒ게 살아시민 좋크라.

사는 게 이, 넉둥베기 추룩 무싱거 나올지 아무도 모르는 거라. 경 ᄒ치 앞을 모를 수가 이시냐. 그추룩 허망허고 허망헐 수가 어 서. 그걸 어떵 말로 다 헐 수가 이시니. ᄀᆯ앙 몰른다.

문이가 들려준 아버지 이야기
- 윷놀이 재미나게 하고 와 보니…

우리 아버지는 정말 어이없이 돌아가셨어. 이제 생각해도 정말 믿을 수 없어. 어머니가 치매로 천지 분간을 하지 못해 자꾸 어디로 나다니는 거야. 그러면 아버지는 어머니를 찾아서 밥도 먹이고, 몸도 씻기고, 어머니를 그렇게 살뜰하게 돌보셨어. 가끔 다투다가도 그렇게 두 분이 아껴주면서 살았지.

육지에 사는 자식들은 어머니 아픈 것과 아버지 힘든 것을 생각하면 마음이 아팠지만, 아버지는 끝끝내 당신이 어머니를 돌보겠다고 하는 거야. 그렇게 우리 아버지는 자상하셨어. 우리가 자랄 때도 공부하라고 잔소리 한 번 안 한 어른이야. 그렇게 우리들을 믿어주시더라고. 딸 아들 차별하지 않고 똑같이 대해주고, 우리 아버지는 참말 반듯한 어른이셨어.

우리 어머니는 아버지와 정반대였지. 자식들에게 잘 가르치니 안 한다고, 놀러 다니며 공부하지 않는 것도 신경 쓰지 않고 그냥 둔다고 자주 잔소리했어. 아버지가 책이라도 읽으려고 하면 그거 읽으면 밥이 나옵니까, 돈이 나옵니까, 하면서 조바심 내고 저러니 자식들이 닮아서 그렇다고 그렇게 흉보더라고. 그래도 아버지는 어머니에게 화도 안 내고 서운해 하지 않았어.

하긴 어머니도 얼마나 고생을 많이 했나 몰라. 자식들이랑 집안 살림살이랑 거두어 살려고 하니, 얼마나 힘들었겠니. 그러다 보니 아프셨지만. 귤 따서 콘테나에 담아 쌓아 놓았는데 어머니가 쓰러지면서 거기에 머리를 다친 거야. 그 때문에 뇌출혈이 생겼는데 치매가 빨리 진행되었다고 하더라고.

추석날은 제사 지내고 명절이 끝나 아버지는 동네 사람들과 재미나게 윷놀이를 했대. 그렇게 놀다가 집에 와 보니 어머니가 없어진 거야. 어머니가 자주 가는 데를 찾아봐도 없으니 마음이 얼마나 급했을 거니. 너무 걱정이 되어 어머니 찾으러 다니다 보니 날이 어두워진 거야. 혹시 중문에 갔을까 하고 경운기 시동을 걸었지. 옷도 못 갈아입은 채…. 중문에 가 보니 거기도 없는 거야. 집으로 빨리 오려고 경운기 타고 오다가… 그만…. 세상에, 거의 집에 다 와 갈 때였대.

그러니 어떻게 사고가 났는지도 몰라. 그 밤에 화륵화륵 댕기는 차들이 경운기를 보지 못했는지. 아버지가 탄 경운기를 들이받아 부딪쳤대. 그러니 아버지는 아프다고 아고 소리도 못하고 병원에 가 볼 새도 없이 그 자리에서 돌아가셨어.

갑자기 동생이 울면서 전화가 온 거야. 아버지가 돌아가셨다고 말하는 거야. 난 왜 울어? 응? 누구 아버지? 하고 무심하게 물었다니까. 믿어지겠니. 그렇게 건강하던 아버지가 왜? 갑자기? 이 노릇을 어떡해. 너무 놀라서 정신이 없는 거야. 다리가 부서질 듯 덜컥하여 가슴이 콱 막혀 말을 할 수가 없었어. 우리 아버지 마지막도 못보고 그렇게 억울할 수가 없어. 병이라도 있었다면 덜 허망하지.

윷놀이할 때는 '모'도 많이 냈으면서 당신 목숨은 멍석 밖에 떨어지게 해 버리다니. 우리 아버지 그렇게 돌아가셔서 불쌍해서 어떡해. 너무 가슴이 아파 아버지 생각만 하면 눈물만 가득해.

한편으로 생각해 보면 많이 다쳐서 병원에서 호흡기 꽂고 고생하는 것보다 나을지도 몰라. 새로 지은 명절 한복 곱게 입으신 채로 고통 없이 가신 것이 어쩌면 다행인지도 몰라. 살아생전 고생만 하다가 그렇게 가신 우리 아버지는 몇 년 지나 어머니를 만나셨거든. 하늘나라에선 두 어른 고생하지 않고 편안하게 사셨으면 좋겠어.

사는 게 윷놀이처럼 뭐가 나올지 아무도 모르는 거야. 그렇게 한 치 앞을 모를 수가 있니. 그렇게 허망하고 허망할 수가 없어. 어떻게 말로 다 할 수가 있겠니. 말해도 몰라. 말로 다 할 수가 없어.

3

늬영 나영

너랑 나랑

늬영 나영 손 심엉 벵삭이 웃으멍
조은 시절 잊어불지 말게

너와 나 손 잡고 웃으며
좋은 시절 잊지 말자

우리 영혼이
혼자 떠도는 밤이 되지 않기를

때때로 어둠은 사람들을 과감하게 만듭니다. 때때로 어둠은 사람들을 약하게도 만듭니다.

켄트 하루프가 쓴 『밤에 우리 영혼은 Our Souls at night』을 인도 자이푸르로 가는 아홉 시간 동안 기차 안에서 읽었습니다. 차창 밖은 밤이 깊어가고, 책 속에서도 밤이 깊어가고 있었습니다.

미국의 어느 작은 마을. 40년을 한 동네에 살았지만 서로 잘 모르는, 둘 다 짝을 잃은 지 오래인 칠십 대 초로인 에디와 루이스. 그들은 이제 '강 건너를 바라보는' 인생에서 무엇이 중요한지 깨달을 나이입니다. 에디가 루이스에게 거두절미하고 도발적인 제안을 합니다.

"가끔 나하고 자러 우리 집에 올 생각이 있는지 궁금해요."

잠 안 오는 밤은 끔찍하다는 에디. 누군가와 함께 따뜻한 침대에 누워 밤을 이겨내고 싶어 합니다. 루이스는 칫솔과 잠옷을 담은 종이봉다리를 들고 밤마다 에디네 집으로 갑니다. 둘은 침대에 나란히 누워 이런저런 이야기를 나눕니다. 사별한 배우자에 대해,

자녀들 이야기, 서로가 기억하는 그들의 젊은 시절의 모습들. 꿈을 접고 산 날을 되돌아보며 그들은 긴 밤을 이겨냅니다. 먼동이 트면 루이스는 조용히 옷을 갈아입고 집으로 옵니다. 처음엔 어색하지만, 시간이 지날수록 점점 편안해지고 이야기는 깊어집니다.

"여기 깃든 우정이 좋아요. 함께 하는 시간이 좋고요. 밤의 어둠 속에서 이렇게 함께 있는 것, 이야기를 나누는 것, 잠이 깼을 때 당신이 내 옆에서 숨 쉬는 소리를 듣는 것이 좋아요."

두 사람은 당당히 카페 데이트도 즐기기 시작합니다. 누군가를 알아가는 것, 스스로가 누군가를 좋아하고 있음을 깨닫는 것, 알고 봤더니 온통 말라죽은 것만은 아님을 발견하면서.

"난 그냥 하루하루 일상에 주의를 기울이며 단순하게 살고 싶어요. 그리고 밤에는 당신과 함께 잠들고요."

'일상에 주의를 기울이며 단순하게 사는 것'은 내 삶의 지표이기도 합니다. 나는 점점 에디와 루이스가 좋아지기 시작했습니다.

문장은 짧고 간결하면서도 이미지가 선명합니다. 수식어를 뺄수록 글은 간결하고 의미가 명징해집니다. 글을 쓰면서 '빼기'는 내가 넘어야 할 산이기도 합니다.

영화를 먼저 보았기에 그들이 언제 덴버로 가서 멋진 드레스와 양복을 입고 근사한 저녁을 보낼지 기다려졌습니다. 영화를 먼저 보면 그런 점에서 좋지 않습니다. 인물들의 표정과 장면들이 책갈피마다 일어나 다가옵니다. 그렇게 인상이 고정되어버린 채, 다양한 상상을 앗아가 버립니다. 영화 먼저 보는 것이 좋을 때도 있습니다. 나에게는 「닥터 지바고」가 그랬습니다. 끝없이 이어지는 자작나무 숲길, 들꽃 가득 피어난 곳에 사는 라라의 작고 아늑한 집, 눈이 가득한 유리창에 지바고가 손가락으로 '*Rara*'라고 쓰는 장면….

"행복해지는 데 타인의 시선이 필요 없어요."

에디의 말이 가슴에 남았습니다. 나다운 행복에 대해 생각합니다. 남의 기준이 아닌 내 기준에 맞는 행복. 좋아하는 것들을 하고 사는 것. 글을 쓰고, 책을 읽고, 어느 날 훌쩍 떠나고. 마음이 흐르는 대로 산다는 것. 행복은 남이 결정해주는 것이 아니라 각자의 몫이라는 사실. 행복해지는 데 나이도, 살아온 습관도, 타인의 시선 같은 것보다 나의 의지가 중요하다는 것을 소설은 말해주고 싶었을 것입니다.

"당신과 함께하는 이 물리적 세계가 좋아요. 이 물리적 삶이요. 대기와 전원, 뒤뜰과 뒷골목의 자갈들, 잔디, 신선한 밤, 그리고 어둠 속에서 당신과 함께 누워 있는 것도요."

둘은 사랑을 이어가지만, 에디가 말하는 '물리적인 세계'를 함께 할 수는 없습니다. 그것이 아쉬우면서도 책을 읽는 내내 마음이 따뜻해졌습니다. 그들은 다시 혼자 밤을 건너 나갑니다. 그러나 예전처럼 외롭지 않습니다. 함께 할 수 없었지만 이미 함께였습니다.

"거기 추워요?"

외로운 순간에 사소한 이야기를 나눌 수 있는 사람이 있다는 것, 삶은 그렇게 작은 것들로 위로받습니다.

우리 모두에게 매일 밤을 잘 넘기는 일이 큰일이 될 때가 다가
올 것입니다. 혼자 밤을 즈뎌내야 하고 외로운 영혼과 마주할 시
간이 오고야 말 것입니다. 이런 시가 있습니다.

느영나영
서방각시로 늙엉
죽을 때꼬지
ᄀ찌 살게 이
난 늙으민
붋아분 쇠똥 닮을 꺼고
이녁은
뽀라먹은 볼레쭈시 닮을거여
서늉이사 아맹해도 조추마는
두 늙은이가 ᄀ찌 노실허영
누게가 누겐지 몰라지민
어떵허코.

-고훈식 「느영나영」 전문

너랑나랑
신랑각시로 늙어
죽을 때까지
같이 살자 응?
난 늙으면
밟아버린 쇠똥 닮고
그대는

빨아먹은 보리수찌꺼기 닮을 거야
얼굴이야(겉모습이야) 어떻더라도 좋지만
두 늙은이가 같이 노망하여
누가 누군지 몰라보면
어떡하지.

밖에는 비가 내리고 있었습니다. 가을이 깊어지고 있었습니다. 갑자기 서늘한 기운이 훅 들어왔습니다. 누우려다 일어나 창문을 닫았습니다.

"빗소리가 좋은데 왜 닫아?"

뜻하지 않은 말에 그를 돌아보았습니다. 자는 줄 알았는데 깨어 있었습니다. 다시 문을 열어놓고 그가 데워 놓은 이불을 덮었습니다. 날갯죽지를 파고드는 아기 새이처럼 그의 온기 속으로 숨어들었지요. 그가 내 쪽으로 돌아누웠고 술살냄새가 빗소리와 함께 가까이 왔습니다. 조금 지나자 그의 고른 숨소리가 들렸습니다. 잠든 그의 얼굴을 물끄러미 보다가 어머니가 가끔 하던 말씀을 떠올렸습니다.

"게메, 사름 사는 것이 무시것산디,
초슬목이 눠도 ᄒ근 생각 허당 보민 줌도 안 오곡.
밤은 어떵사 진진헌지.
혼자만 이시민 어떵 살 말이니.
싸우멍 틀으멍 해도 ᄌ끗디 서방 이신게 어디니게."

그러게요, 나도 따라 중얼거립니다.

그러게, 사람 사는 것이 뭔지,
초저녁에 누워도 온갖 생각하다 보면 잠도 안 오고
밤은 어떻게나 긴지
혼자 있으면 어찌 살 말이니.
서로 싸우더라도 곁에 남편이 있는 게 어디니.

우리에게도 그렇게 수많은 밤이 흘러갈 것입니다.
누군가 혼자 밤을 견뎌내야만 하는 날들이 오지 않기를,
단물 다 뺄아먹엉 쭈글쭈글헌 볼레쭈시보리수 열매찌꺼기 같아도
발로 넓아분밟아버린 넙작한 마른 쇠똥 같아도 곁에 있기를,
우리의 영혼이 혼자 떠도는 밤이 되지 않기를 바라는 밤이었습
니다.

행운을 들고 오는 남자

　새벽마다 그는 산책을 합니다. 두 시간 넘게 한강을 돌고 올 때마다 토끼풀을 손에 들고 옵니다. 풀밭에서 찾은 네 잎 토끼풀을 자랑스레 내게 내밀곤 합니다. 나는 그걸 받아 몇 개는 책갈피마다 꽂고 나머지는 꽃병에 꽂아 둡니다.

　같이 산책하는 날, 걷다가 토끼풀이 풍성한 곳에 이르면 어김없이 그가 두 눈을 부릅뜹니다. 조침앉아쪼그려앉아 풀잎을 헤치면 이파리마다 맺혔던 빗방울이 동글동글 떨어집니다. 내 눈에는 오직 세 잎들만 무성하게 들어옵니다. 겨우 한 개를 찾았는데 그는 네 잎도 오 잎도 벌써 여러 개를 쥐고 있습니다. 수많은 '정상'들 속에 '변종'을 그토록 잘 찾는지, 그와 똑ㄱ찌 두 개의 눈을 가졌는데 참 신기합니다.

　"이상하지? 네 잎 토끼풀이 내게 말을 걸어와. 나를 부른다니깐. 나 뽑아주세요, 하고 고개를 빼쪽 내밀고 있어."

　그는 신이 나서 찾은 토끼풀을 내가 뜯을 수 있게 틈을 내어 줍니다. 뾰족하게 올라온 것이 말을 거는 것 같네요.

여행할 때, 아침마다 그는 우리가 머무는 낯선 곳을 한 바퀴 돌았습니다. 눈앞의 나무에 마음을 빼앗기고 마는 나와 달리 항상 숲을 먼저 보는 그는, 그곳이 어떤 '숲'인지 알고자 했습니다. 골목을 돌고 들판을 걷고 오다가 들꽃을 한 줌 꺾어 오곤 했습니다. 그것을 음료수병에 꽂아 창틀에 올려놓았습니다. 이름 모를 꽃 한 줌이 등불같이 온 방안을 밝히곤 했습니다.

아제르바이잔 케르반사라이에서 아침 식사를 주문해 놓고 우리는 정원에서 시간을 보내고 있었습니다. 오래된 곳이라 정원도 자연 그대로 풀이 자라고 있어 야생의 들판 같았습니다. 한참 만에 나타난 그가 풀꽃을 내밀었습니다.

"여기 정원에 있는 꽃을 한 종류씩 몬딱 모았어."

붉은 꽃, 노란 꽃, 보랏빛 꽃을 강아지풀로 묶은 작은 꽃다발이었습니다. 방에 가져와 유리컵에 꽂았더니 어둡던 침실이 환해졌습니다. 여행하는 동안 성낼 것도, 마음이 급해지는 것도 아침마다 가져오는 꽃 덕에 참을 수 있었어요.

토끼풀을 손에 쥔 그를 보니 문득 젊은 날 그가 보입니다. 악명 높은 4호선을 타고 짐짝처럼 밀리며 퇴근하다가도, 집 근처 편의점에서 과자 두 봉다리를 들고 힘나서 현관에 들어서는 그. 아이들은 뛰어나가 아빠 한 번, 검은 봉다리 한 번 쳐다보았습니다. 차라리 담배를 주라고 준다니를 하지만 날마다 그의 손에는 주전부리가 들려 있었습니다. 그것은 아이들을 사랑하는 그만의 방식이었지요.

토끼풀 열두 개를 꽃다발처럼 들고 오다가 걸음마 연습을 시키는 아기 엄마에게 큰 잎으로 골라줍니다. 건강하게 잘 자라거라, 했더니 아기 엄마는 아기 얼굴에다 그것을 대고 좋아합니다.

집 근처에 왔을 때 공책을 들고 무언가를 외우며 학교 담벼락 앞을 왔다 갔다 하는 한 젊은이가 보입니다. 주말마다 중학교는 시험장이 되는데, 오늘도 무슨 시험이 있나 봅니다.

"혹시 시험 보시나요?"

"네⋯."

"이거 가지세요. 시험 잘 보세요."

그는 얼떨결에 네 잎 클로버를 받고 얼굴이 환해집니다. 그날 치른 시험에 합격했기를.

천지빗갈로 널려 있는 풀잎 하나지만 의미를 부여하면 다르게 보입니다. 어쩌다 돌연변이로 네 잎이 된 풀이 행운을 가져다줄 것이란 기대를 하게 되니 말입니다. 그런 기대를 하는 순간부터 행운이 오는 것은 아닐까요.

그가 가져온 토끼풀을 유리병에 꽂아 놓습니다. 소든시든 것은 골라내고 새로 가져온 토끼풀로 채워 넣습니다. 그러면 다시 싱싱한 꽃다발이 됩니다.

세상에 단 하나뿐인 꽃다발.

그는 아침마다 행운을 들고 옵니다.

카라반의 밤

　우리를 실은 버스가 아제르바이잔 셰키 시내에 들어섰습니다. 꼬부라진 길을 따라 한참을 올라가니 대문에 'Karavansaray'라고 쓰인 건물이 우뚝 서 있었습니다. '대상들을 위해서 지어진 궁전'이라는 의미를 가진 이 건물은 중세시대에 유럽과 아시아를 오가며 무역을 하던 상인들을 위한 건물이라고 합니다. 입구에 고풍스러운 등불 이정표가 서 있었습니다.

　육중한 대문을 밀고 들어서니 넓은 홀이 나오고 높다란 천정에 시원한 건물이 드러났습니다. 가운데 분수대가 자리하고 주변에 리셉션과 기념품점으로 활용하고 있는 경비실과 관리실이 있었습니다. ㅁ자 모양으로 지어진 건물 가운데 정원에는 장미가 피어 있고 연못도 있었습니다. 아치 모양의 기둥이 늘어선 통로 소실점이 긴 여정의 마침표 같았습니다.

　해가 기울고 있었습니다. 마당 가득 비추는 저녁 햇살에 오래된 건물이 카멜색으로 물들었습니다. 건물의 절반을 노을빛으로, 나머지는 그늘이 져서 묘한 분위기를 연출했습니다. 분수대 앞에 앉아 그 옛날 낙타를 타고 온 대상들을 그려보았습니다. 낙타 등에 잔뜩 실은 짐을 부리고 낙타에게 물을 주고 쉬게 한 다음 고단한 몸을 뉘었겠지요.

낙타는 없지만, 우리도 대상들처럼 캐리어를 끌고 방으로 올라왔습니다. 응접실과 방이 있었는데, 돌로 된 벽에는 등잔을 켰던 꽃잎 모양 벽감이 눈에 띄었습니다. 그곳에 등잔을 켜면 지금의 전등보다 훨씬 운치 있었을 것 같았습니다. 그곳은 '오소록헌디 꿩 독세기 난다.'는 고향 속담을 생각나게 했습니다. 구석지고 으슥한 곳에 꿩이 알을 낳듯, 은밀한 일이 벌어질 법한 곳이었습니다. 침실은 돌이 그대로 드러나 있고 침대도 그때 모습 그대로였지만, 흰 이불과 작은 전등이 아늑하게 만들었습니다. 왠지 낭만적인 밤이 될 것 같았습니다.

그런데 그곳에서 우리는 방을 두 번이나 옮겨야 했습니다. 욕실에 물이 빠지지 않아서 옮겼더니 이번에는 세면대에 물이 내려가지 않았습니다. 기껏 풀었던 짐을 챙겨 옮기느라 기진맥진하고 말았습니다. 마지막 방은 마음에 들었습니다.

통나무로 되어 있는 출입문은 열쇠로 잘 잠가야 했습니다. 지나는 사람들의 말소리도 두런두런 들리고 마당에 있는 사람들의 웃음소리도 들렸습니다. 어쩐지 어릴 때 초가집에 살던 때로 돌아간 기분이었습니다. 얼마 후에 그 건물이 유네스코 세계문화유산으로 지정되면 묵을 수 없는 곳이 된다는 말에 나는 마지막 카라반이 된 것 같았습니다. 유리창 밖으로 키 큰 나무들이 가득한 후원이 보였습니다.

벽을 만졌더니 써닝흔서늘한 기운이 전해졌습니다. 그저 돌로만 지었는데 자연적으로 온도 조절이 되니 이런 집에서 사는 것도 꽤

찮을 것 같았습니다. 흙벽돌로 네모나게 벽을 쌓고 칸을 나누어 한쪽에 침대를 놓고 한쪽은 거실을 만들어 카펫을 깝니다. 푹신한 소파에는 쿠션을 놓고, 둥근 탁자도 놓고, 아치형 틈을 내어 격자 여닫이 창문을 만들고, 반대쪽 커다란 창문 아래는 방석을 깔 수 있는 윈도 씨트를 만듭니다. 그곳에 꽃도 올려놓고, 햇살을 가득 받으며 책도 읽고…. 그러면 참 좋겠습니다. 밖엔 선인장을 심고요. 아, 아기들이 와서 다치면 안 되니까 그건 좀 곤란하겠네요. 장미꽃을 심을까. 그것도 가시가 있네요. 어째 곱닥헌예쁜 것들은 가시가 달렸을까요.

그런 생각을 하다가 침대에 엎드려 조지 오웰을 읽었습니다. 엎드렸다가, 옆으로 누웠다가 바로 누워서 읽었습니다. 그럴 때 여행의 참맛을 느낍니다. 문득 둥근 천정이 눈에 들어왔습니다. 참 낯설었습니다. 진짜 낙타를 타고 실크로드의 거상들을 따라 이역만리를 떠나온 카라반이 된 것만 같았습니다. 짐을 부리고 방을 옮기고 그동안 여정에 지쳐버렸는지 스르르 잠이 몰려왔습니다. 제라지게 오시록헌디에 와서 핑 득세기 낯을 생각은 하지도 못했습니다. 진짜 은밀한 곳에 왔는데 그만 꿈속으로 깊어지고, 그렇게 세키의 밤도 깊어갔습니다.

맹고넹이 선생님

고등학교 때 영어 선생님은 좀 유별났습니다. 거무스름한 피부에 눈이 가늘어 우리는 선생님을 '맹고넹이'라고 불렀습니다. 세수하지 않은 고양이를 맹고넹이라고 한다네요.

영어 시간이 되면 나는 힘이 났습니다.

"눈에 아들아, 다음 문단 읽어봐라 ~"

다리를 건들거리며 걷던 선생님이 어쩌다 나를 시킬 때, 그렇게 부르곤 했습니다. 선생님이 좋으면 덩달아 과목도 재미있는 법. 영어 공부는 열심히 했습니다. 수업 시간에 가르치는 방식도 독특했지만, 점심시간에 아이들을 대하는 행동은 더 독특했습니다. 그 선생님, 수업 시간에는 그리 재미있다가도 운동장에만 나오면 돌변하셨습니다.

돌멩이도 소화가 된다는 그 시절, 우리는 항상 배가 고팠습니다. 2교시가 끝나면 이미 도시락은 다 까먹고 점심시간이 오기만을 기다렸지요. 4교시 종료가 울리기 무섭게 다다다 계단을 펄럭이며 부영케바삐 내려가 매점으로 몰려가곤 했습니다. 운동장 한구석 녹낭녹나무 아래에 점심시간에만 여는 작은 매점에는 식빵과 아이스크림을 팔았습니다. 종류도 딱 두 가지. 식빵과 아맛나 아이스크림. 금방 구워서 가져온 따뜻한 식빵과 아이스크림 속에 든 둘코롬한달콤한 팥이 섞이면서 환상적인 맛을 선사했습니다. 나는 많지 않은 용돈을 일주일에 세 번 정도 식빵에다 바쳤습니다.

매점 앞에서 이어진 줄은 운동장 가운데까지 구불구불 배염처럼 이어졌습니다. 세 등분할 수 있는 식빵을 점원이 갈라주는데, 그것을 자르면 尺징허게균등하게 두부 모처럼 잘라지는 것이 아니었습니다. 한쪽이 볼록하게 다른 부분의 것을 가져오고, 두 번째 조각도 볼록하게 다른 부분의 것을 가져왔습니다. 한쪽 면이 볼록한 첫 번째 것을 받으면 횡재나 한 것처럼 좋아했습니다. 맨 마지막 것은 앞의 것에게 빼앗기고 오래 앉은 소파처럼 옴팍 파여 있어서 그것을 받으면 애들아서운해했습니다.

막 빵을 받으려는 찰나 갑자기 와자하던 목소리가 사라지고 친구들이 샤샤삭 줄을 섰습니다. 맹고넹이 선생님이 막대기를 뒤춤에 감추고 '떴기' 때문이었습니다.

"너네 제대로 줄 못 설래? 삐뚜라진 놈 누구야?"

그 가느다란 눈에서 레이저가 폭발했습니다. 줄에서 벗어난 사람은 회초리 세례를 받아야 했습니다. 순식간에 매점 앞에는 제식 훈련을 하는 군인들처럼 빳빳한 줄이 만들어지곤 했습니다.

선생님은 당시 흔치 않은 해외연수로 뉴질랜드에 다녀온 직후라 수업 시간마다 "누우~지일랜드에는 말이야…"로 이어지는 이야기가 끝이 없었습니다. 줄 서기로 시작하여 줄 서기로 끝났지요. 줄을 서지 않는 사람들은 '야만인'이라고 거품을 물었습니다. 야만인으로 남아 있기 싫었습니다. 우리는 문명인이 되기 위해 줄을 서야만 했습니다. 줄만 서면 문명인이 되는 줄 알았습니다.

그렇게 3년을 맹혹한 줄 서기로 단련되고 교사가 된 이후에, 나도 그 선생님과 똑같이 줄 서기에 집착하게 되었습니다. '줄을 잘 서자.'를 교훈으로 정한 학교도 있다고 하지만. 줄을 서지 않은 사람들이 진짜 야만인으로 보였습니다. 세뇌가 그리 무서운 것이지요. 아이들을 가르치면서 줄 서기를 맹목적으로 종용했습니다.

여행할 때, 장거리를 버스로 이동하는 일이 많아 화장실이 눈에 띄는 대로 다녀와야 했습니다. 여자 화장실은 언제나 길게 줄이 늘어서 있곤 했습니다. 줄을 섰다가 연로한 분을 앞세우고, 급한 사람을 앞세우고, 배배꼬는 아이를 앞세우다 보면 나는 늘 꼴찌였습니다. 남들처럼 요망지게야무지게 자리를 파고들지 못한 탓도 있습니다. 여자가 다섯 밖에 되지 않았던 여행에서도 여전히 꼴찌였습니다. 어디든 사람들이 줄 서 있는 것을 보면 뿌듯해집니다. 맹고넹이 선생님이 가르쳐서 된 것처럼.

그동안 교사로서 어떤 신념으로 아이들을 가르쳤을까. 나는 영어 선생님처럼 철저하게 소신을 가지고 흔들림 없이 가르치지는 못했습니다. 가능한 친절한 선생님은 되고 싶었으나 그도 자신이 없습니다. 어린이들이 고운 언어를 쓰고 품위 있는 사람으로 자라길 원했습니다. 품위의 바탕은 언어와 행동에 있고, 언어는 관계의 시작이고 끝이 된다는 믿음이 있었습니다. 어린이들에 대한 소망이었지만, 내가 되고픈 인간상이기도 했습니다. 얼마나 많은 어린이들이 가르침을 잊지 않고 체화했는지 알 수는 없지만, 그래도 많은 제자들이 품위 있는 사람들이 되었을 거라 믿어봅니다.

갓 구운 식빵이 먹고 싶어집니다. 코소롱한 냄새를 풍기는 따끈한 빵과 써닝흔 차가운 팥이 입안에서 둘코롬흐게 녹아내리는 아맛 나와 함께.

하지만 곧 나는 서글퍼지고 맙니다. 이제 그것을 먹는다 한들, 부드러운 결 따라 흔 꼼씩 조금씩 얇게 뜬은 식빵과 아맛나를 아껴 먹으며 황홀한 맛을 즐기던 그 시절로 다시 갈 수는 없을 테니까요.

우리를 문명인으로 만들고자 애쓰셨던 선생님! 아직도 건강허시지 예?

플라워 카페에 앉아서

 그 카페를 처음 알았을 때, 작은 '비밀의 화원'을 찾은 듯했습니다. 커다란 상록수들이 창 앞에 풍성하여 도로를 가리고 있고, 레몬향이 나는 양골담초가 노랗게 피어 있는 데크를 지나 카페 문을 열 때는, 비밀스러운 세계로 들어가는 기분이 들었습니다.

 문을 여니 상큼한 꽃향기가 확 다가와 안겼습니다. 근처 직장인들이 점심 후에 잠깐 와서 쉬고 있었어요. 커피를 주문하고 카페를 탐색합니다. 천정이 높았어요. 나는 천정이 높은 곳을 좋아합니다. 카운터 한쪽은 차를 준비하고, 나머지 한쪽은 꽃을 파는 곳이었습니다. 홀 안쪽으로 꽃다발을 포장하는 작업실이 이어진 꽤 넓은 공간이었습니다.

 옆 벽면 유리로 된 꽃 저장고에는 하얗게 목을 뺀 칼라와 부케로나 장식할 고급스러운 꽃들이 한 무더기씩 긴 화병에 꽂혀 있었습니다. 유리 화병에 그득 담긴 칼라를 보니 디에고 리베라가 그린 '나타샤 겔만의 초상'이 떠올랐습니다. 수많은 칼라를 배경으로 칼라를 닮은 그녀의 하얀 드레스 사이로 드러난 꽃술 같은 다리. 아름다운 그림이지만 디에고를 사랑한 프리다 칼로의 애증이 떠올라

화사한 칼라 꽃들에 그늘이 지고 맙니다. 그 옆에는 색색의 유리공예로 만든 꽃다발들이 반짝거렸습니다. 카페 통유리 옆 커다란 벤자민이 도로를 푸르게 가려 작은 화원에 들어와 있는 것 같았습니다.

그곳에는 젊은 여자 셋이 일을 하고 있습니다. 플로리스트인 둘은 꽃을 다듬거나 포장을 하고 다른 한 사람은 카운터에서 손님들이 주문한 음료를 만들어 내놓았습니다. 딱히 ~~급~~갈르지구분하지 않고 왔다 갔다 서로 도우며 일을 했습니다.

그날은 평소와 달리 카페가 조용했습니다. 손님은 없고 탁자 위에 꽃만 가득했지요. 금방 농장에서 배달되어 온 듯 싱싱한 카네이션이 신문지를 깐 바닥에 산더미처럼 쌓여 있었습니다. 탁자 위에까지 카네이션이 다 차지하고 작은 원탁 하나만 남아 있었습니다.

"아, 어떡하죠? 오늘은 카페가 복잡해서요…."

꽃을 이리저리 옮기던 점원이 미안해했습니다. 나는 괜찮다고 남은 자리에 앉았지만, 오히려 내가 그들을 방해할까 봐 마음이 쓰였습니다. 곧 어버이날이 있고 스승의 날이 다가옵니다. 그때 팔 꽃인가 봅니다. 언제부턴가 꽃을 선물하는 일이 일상사가 되었지만, 나는 어른들께 꽃 대신 용돈을 드립니다. 나도 꽃보다 봉투가 좋아질지 모르지만 아직은 꽃이 좋습니다.

카네이션을 보니 아이들과 어버이날 꽃을 만들던 생각이 났습니다. 해마다 이맘때면 꽃종이를 접어 부모님을 위한 카네이션을 만들고 편지도 쓰게 했지요. 얇은 꽃종이로 만들기 어려운 1학년은 색종이를 접어 꽃을 만들어 도화지에 붙이고, 부모님 얼굴을 그리고 편지도 쓰게 했습니다. 꼬깃꼬깃 접어 여기저기 풀이 데작

데작덕지덕지 묻은 그것을 만드는데, 하루 수업 시간을 다 주어도 못하는 아이들이 있었어요. 꽃을 완성하게 도와주고 어떻게든 모든 아이들이 부모님께 편지를 드릴 수 있게 하느라 나는 진땀이 났습니다.

며칠이 지나 스승의 날이 되면 아이들은 꽃을 접고 편지를 써서 가져왔습니다. 학교에 입학하고 딱 두 달이 넘어 만든 꽃 선물. 1학년 아이들이 준 편지에는 특별한 감동이 있습니다. 맞춤법도 띄어쓰기도 틀린 것이 수두룩하지만, 이 말만은 모두 바르게 썼습니다.

'오설자 선생님, 사랑해요.'

아이들처럼 종이꽃을 접어 엄마에게 드렸더니 엄마가 활짝 웃으셨습니다.

"게난 이추룩 아기들이 만들언? 아이고, 스못 곱닥허게 잘 만들어싱게."

"어떵사 하영 풀칠 해신디, 데작데작 풀 묻은 꽃 맨들앙 예, 가정 왕 줄땐 얼마나 귀여운지, 엄마, 아이들 가르치멍 그럴 때가 진짜 보람져요."

여기저기 풀이 묻은 꽃을 만들어 가져온 아이들. 교직을 떠난 지금, 아이들에게 꽃 접기를 가르치고 편지 쓰기를 도와주던 그때가 그리워집니다.

커피를 마시며 원고를 정리합니다. 한 줄 한 줄 읽을 때마다 꽃향기가 다가오네요. 커피는 사서 마시지만, 꽃향기는 덤입니다. 꽃을 손질하며 저들끼리 깔깔거리는 소리가 꽃들 사이로 번져 나옵니다. 꽃집에서 들리는 소리라 그럴까요. 파도소리처럼 싱그럽습니다. 꽃을 만지는 일을 하는 사람들은 마음도 꽃 같을 거예요.

얼마나 지났을까요. 어느새 정리가 다 되어 있었습니다. 한 점원이 꽃잎이 상한 것들을 짧게 잘라서 꽃병에 꽂았습니다. 선발되지 못한 꽃들끼리 꽃병 안에 어깨를 맞대고 있습니다.

두 젊은 남녀가 손을 잡고 들어왔습니다. 긴 머리의 여자가 입은 엷은 분홍색 티셔츠가 금방 핀 진달래 같습니다. 그들은 소곤거리면서 화분을 고릅니다. 이것저것 살펴보다가 앙증맞게 생긴 원통형 다육이 화분 앞에 섰습니다. 마주 보고 웃더니 화분을 가리킵니다.

"이 화분은 얼마예요?"

여자의 두 손에 포장한 화분이 들려 있습니다. 나는 원고를 읽다 말고 그들의 뒤를 눈으로 쫓아갑니다. 어디다 놓으려고 샀을까. 누구에게 선물하려나? 책상 위에 얹어 놓고 통통한 다육이를 턱 괴고 쳐다보는 여인의 눈길을 그려봅니다. 카페를 나서자 여자가 남자의 팔짱을 끼었습니다. 목에 감은 스카프가 팔랑입니다. 그들 뒤로 눈부신 봄 햇살이 쏟아지며 조롬꽃무늬에 따라갑니다.

방금 정리가 된 카네이션이 커다란 통에 가득합니다. 빨간 카네이션끼리, 연분홍 카네이션끼리. 꽃이 팔리려면 아직 열흘 남짓 더 견뎌야 하기에 꽃은 모두 봉우리인 채입니다.

얼마 지나지 않아 저 꽃을 사러 누군가가 올 테지요. 정성껏 포장한 카네이션은 또 누군가의 가슴에 안겨 꽃말처럼 '사랑'이 활짝 피어날 것입니다.

은선이표 모자

　세상은 수상하나 계절은 부지런히 제 갈 길을 갑니다. 가을이 다시 돌아왔습니다. 중학교 친구들과 강진으로 여행을 갔던 일이 떠오릅니다.

　친구들은 햇살이 가득 쏟아지는 갈대밭을 누비며 어린 시절로 돌아간 듯 신이 났습니다. 빨간 잠바를 입은 은선이가 늦가을 갈대와 참 잘 어울렸습니다. 사진을 찍어 주다가 햇살에 눈부셔하길래, 그녀에게 내 챙모자를 빌려주었습니다.

　가우도로 가는 출렁다리를 건널 때였습니다.

　"어머나, 어떻해."

　갑자기 불어온 바람에 잡을 새도 없이 은선이 머리에서 모자가 휙 날아가고 말았습니다. 모자는 바다에 팔랑 내려앉더니 반짝이는 물결과 함께 멀어졌습니다. 모두 다리 난간을 붙잡고 떠나가는 모자를 안타까이 바라보았습니다.

　다음 모임 때, 은선이는 리본이 달린 분홍색 봉다리를 나에게 내밀었습니다. 그 속에는 감청색과 은회색이 섞인 털실로 뜬 모자가 두 개나 들어 있었습니다.

우리 사는 동안에 부에나도 지꺼져도

"모자 살까 고민허당 이거 떴어. 신랑이영 세트로 썽 다녀."

구멍이 송송 나게 뜬 모자. 꼭지에 동그란 밍크 방울도 달았습니다. 가볍고 포근한 데다 내 코발트빛 코트와도 잘 어울렸습니다. 꺼내 썼더니 친구들이 한마디씩 했습니다.

"어쩜, 센스 있다. 감각적이고."

"칼라도 세련되고…."

"나도 모자 빌려줄걸."

누군가 하는 밉지 않은 시샘에 우리는 모두 웃고 말았습니다. 뜻밖의 선물이 고마웠습니다. 아래층 공장일 하랴, 위층을 오르내리며 집안일 하랴, 손주까지 돌보며 틈틈이 그걸 뜨느라 바빴을 그녀를 생각하니 미안해졌습니다.

은선이는 정이 많은 친구입니다. 깊은 눈매에서 진실한 마음을 읽을 수 있습니다. 웃을 때는 아이 같지만, 불의를 보면 목소리를 높입니다. 돌아서면 잊어버리는 우리와는 달리, 40년도 더 지난 학창 시절에 언제 무슨 일이 있었는지 정확하게 기억합니다. 옷 주문을 받아 남편은 재단하고 그녀는 재봉을 합니다. 그 일을 30년 넘게 해오고 있습니다. 주문이 밀려 식사도 제때 하지 못할 때가 많다고 합니다. 어려운 일도 많이 겪었지만, 지금은 윤택하게 잘 삽니다. 그래도 사치하는 것을 본 적이 없습니다.

서울에서 멀지 않은 그녀의 주말농장에 갔더니 곧 집을 짓기 위해 터를 다지고 있었습니다. 임시 주택 뒤에는 콩, 참깨, 들깨, 부루, 배추, 고추, 가지, 지슬, 감저…. 삼백 평 남짓한 텃밭에 온갖 채소와 농작물이 자라고 있었습니다. 싱싱하게 피어나고 열린 것들이 은선이 성품처럼 진실하고 소박해 보였습니다. 평상 위에는 들국화 꽃잎이 펼쳐져 가을 햇살을 머금고 있었습니다. 머지않아 국화차로 피어날 것입니다.

그날 우리는 은선이가 준비한 닭죽과 찐 밤과 감저를 먹고 다슬기를 잡으며 아이들처럼 놀았습니다.

"여기까지 와신디 즈냑까지 먹엉 가야지."

저녁까지 먹고 가라는 은선이 등살에 다시 눌러앉았습니다. 부루를 뜯어오고 고추도 따고 인삼과 더덕을 넣고 등심을 구웠습니다. 고들빼기김치와 인삼을 고기에 싸 한 입 그득가득 물고 행복해 했습니다.

이듬해 여름, 그날 모임에 은선이는 한지 실로 짠 베이지색 여름 모자를 쓰고 왔습니다. 연분홍 셔츠에 모자가 참 잘 어울렸습니다. 그날 유난히 햇살이 뜨거웠습니다.

"햇살 맞으민 검버섯 생겨. 너 쓰고 가. 난 집이 거 쓰민 돼."

기어이 그 모자를 나에게 씌워주고 갔습니다. 실이 뻐닥져서 뻣뻣해서 뜨기도 힘들었을 텐데…. 실값도 만만치 않을 텐데…. 염치가 없었습니다.

모임에 올 때마다 은선이는 서너 개씩 모자를 떠서 친구들에게 나누어 줍니다. 그렇게 바쁘면서 언제 뜨개질을 하는지 정말 대단

합니다. 한 번은 작은 목도리를 색색이 여러 개를 떠 왔습니다. 보그락흔보드라운 수면사 보풀이 따뜻하게 목을 감쌌습니다. 모두 'Y'자로 목에 감고 손가락 하트를 내밀어 사진을 찍었습니다.

"은선아, 너 공방 츠리라. 솜씨가 장난 아니."

우리는 '작품'이라 해도 손색이 없을 그녀의 손재주를 아까워합니다.

찬바람이 불기 시작하자 우리 부부는 산책할 때마다 은선이가 떠 준 모자를 커플로 쓰고 다녔습니다. 누가 물어보진 않았지만, 다들 우리 모자를 쳐다보는 것 같아 뿌듯해졌습니다.

모자를 쓸 때마다 은선이 생각이 납니다. 나를 위해 한 코 한 코 모자를 완성하는 모습에 어릴 적 우리 양발양말을 떠 주던 엄마 모습이 겹쳐집니다. 누군가를 위해 따뜻하게 해주는 무엇인가를 해준 적이 있는가를 생각하게 합니다. 모자를 쓰기 전에 몇 번씩 쓰다듬곤 합니다. 머리에 썼을 뿐인데 나를 귀히 대해주는 마음이 온몸을 감싸는 듯합니다.

친구들과 헤어지고 돌아오는 늦은 밤길에는 영하의 냉기가 몸을 파고들었습니다. 늘 가지고 다니는 '은선이표 모자'를 꺼내 썼습니다. 그녀가 따스한 두 손으로 내 머리를 폭 감싸주는 것만 같았습니다.

***

은선이는 그동안 주말농장에 아담하게 집을 지었습니다. 얼마 전부터 그곳에 살고 있습니다. 마당에 자갈을 깔고, 돌담 옆에 구절초도 심고 아늑한 마당을 만들었습니다. 빨갛게 익은 고치를 거두어 널어 말리는 사진을 보내왔습니다.

"여기 왕 사난 이, 너무 신나고 지꺼져."

지꺼지게 살고 있는 은선이를 보니 나도 지꺼집니다.

곶자왈에서 나는 온순해진다

내 고향 제주도에는 보물이 많습니다. 푸른 바당, 오름들, 다정한 제주어…. 곶자왈도 그 보물 중에 하나랍니다. 곶자왈은 덩굴식물과 나무가 우거진 '곶'과 돌이 무더기로 있는 '자왈'을 합한 말입니다. 생태계의 보고이며 신비한 원시림인 곶자왈은 제주의 속살입니다. 예전에 곶자왈은 농사도 짓지 못하는 쓸모없는 땅이었습니다. 1980년대에 곶자왈에 조각 공원이 생기고, 이후 올레길이 만들어지면서 곶자왈은 사람들의 사랑을 받게 되었습니다.

옆동네 화순에 있는 중학교에 다닐 때, 학교로 가는 도로 너머에는 곶자왈이 펼쳐져 있었습니다. 그곳에는 삼동낭상동나무가 자생하였고, 봄이면 삼동상동열매이 탐스럽게 익어 햇살에 반짝였습니다. 학교가 끝나면 친구들과 교복을 입은 채로 곶자왈에 들어가 삼동을 따먹곤 했습니다. 흰 칼라에 삼동물이 들까 봐 목덜미 안으로 집어넣고 삼동낭썹잎을 뒈싸뒤집어 주렁주렁 매달린 삼동을 따 먹느라 해가 지는 줄도 몰랐습니다. 우리는 검게 변한 손콥손톱과 입술을 보고는 잉크빛 이를 드러내며 마주 보고 웃곤 했습니다.

화순곶자왈은 북방한계선과 남방한계선이 공존하는 세계 유일의 독특한 숲이라고 합니다. 늘 보는 것이라 그랬을까요. 천연의 숲, 곶자왈이 가까이 있어도 그런 가치도, 아름다움도 모르고 고향에 가도 쫓기듯 서울로 오느라 곶자왈을 잊고 살았습니다.

지난 설 연휴에 어렵게 시간을 내서 제주에 사는 친구 산방이와 만나 산책하기로 했습니다. 산방이는 나보다 먼저 퇴직하여 여행을 하고 들꽃 사진을 찍고 올레길도 걸으며 인생을 즐기고 있는 요망진야무진 친구입니다.

커피를 내리고 내가 신을 운동화까지 챙기고 제주시에서 부영케부리나케 달려왔습니다.

"백서향 구경시켜 줄게. 지금 막 피고 있을 거야. 거기로 가자."

밝게 웃으며 운전대를 잡았습니다. 그녀와 있으면 모든 일이 쉽고 긍정적이 되곤 합니다.

면사무소 앞을 지나고 서광을 지나 올레 14-1코스 입구에 차를 세우고 곶자왈로 들어섰습니다. 그렇게 불어대던 바람도 ㅈ자들고 잦아들고 고요한 곶자왈에는 오후로 접어드는 겨울 햇살만 따스하게 비치고 있었습니다.

올레길이 잘 다듬어져 있었습니다. 삼동 따 먹으레 길도 없는 곳을 헤매 다녀보고는 처음으로 걷는 곶자왈 길. 고즈넉한 길에는 우리밖에 없었습니다. 붉은 화산송이가 깔린 길을 자박자박 걸으며 친구와 나는 도란도란 그동안 쌓아 놓았던 이야기를 했습니다. 자박자박 화산송이를 밟는 소리가 참 다정했습니다. 어쩌다 생이 소리가 멀리서 들리는 것 말고는 온 세상이 고요했습니다.

올레길 꽃과 나무에 대해 훤한 친구는 끊임없이 이것저것 가르

쳐 주었습니다. 키 큰 나무와 고목들에는 콩짜개덩굴과 덩굴 식물
이 얽어졌고, (산방이가 콩짜개덩굴이라고 알려줄 때까지 난 그것
이 콩란인 줄 알았습니다.) 기이한 모양의 현무암 무더기 위에는
갓 물에서 건져 올린 것처럼 파릇하게 이끼가 뒤덮였습니다. 나무
아래에는 쇠고사리가 청청했습니다. (이것도 관중고사리인 줄 알
았습니다). 온실 속 식물들처럼 그 겨울에도 초록으로 숲이 우거
져 태초의 원시림에 들어와 있는 것 같았습니다.

일 년 내내 수분이 풍부한 곶자왈은 음지 식물들의 천국입니다.
안타깝게도 지금보다 더 빽빽했던 소낭소나무이 재선충 때문에 많
이 죽었다고 합니다. 한 식물이 가면 다른 식물이 또 군락을 이루
면서 곶자왈은 계속 성장하면서 변화하고 있습니다. 늘 그 자리에
변함없는 숲 같아도 그 속에서는 끊임없는 세대교체가 치열하게
일어나고 있는 것입니다.

어디선가 꽃향기가 났습니다. 조금 더 들어갔더니 진초록의 긴
이파리 위에 동그랗게 흰 꽃들이 햇살에 빛나고 있었습니다.

"저게 백서향이야. 흰 게 백서향이고 이, 자주색은 서향이렝 해."

백서향은 천리향이라고 잘못 알려져서 사람들이 채취해갔지만,
지금은 제주도기념물 제18호로 지정하여 보호하고 있다고 합니
다. 참 다행입니다.

사진 전문인 친구는 카메라의 렌즈 후드를 빼고 익숙한 폼으로
방향을 바꾸면서 피사체를 파인더에 담았고, 나는 꽃향기에 취했
습니다. 치자꽃 향에 수선화 향에 프리지어 향까지 몬딱모두 합친
그윽하고 고급스러운 향기에 나는 그만 넋을 놓고 말았습니다. 바

람이 불 때마다 꽃향기가 사방에서 밀려왔습니다. 우리는 향기에 취해 가다 서다를 반복했습니다.

자작나무처럼 하얀 피부에 크고 단단한 줄기가 마치 당당한 근육을 자랑하는 훈남 같은 나무가 보였습니다. 척척박사인 산방이가 그 나무를 가리켰습니다.

"여기 이신 이 나무는 뭐게?"
"몰라."
"이나무야."
"저 먼디 이신 나무는 뭐게?"
"몰라."
"먼나무야."

이름도 참 재미있습니다. 저게 먼나무구나. 먼나무는 잎이 다 지고 빨간 열매를 주렁주렁 매달고 있어서 멀리서 보면 빨간 꽃이 핀 것 같았습니다. 먼 데서 보라고 그런 이름일까요. 나기철 시인의 「먼나무」가 떠올랐습니다.

도서관 가는 길가
염주알들
붉게
멀리까지 치렁치렁하다

아직 먼
나의 길

아직 먼 나의 길. 열심히 살아야 할 나의 길. 좋은 글을 쓰기 위해 끊임없이 공부해야 하는 나의 길. 먼나무를 보며 생각했습니다.

ᄌ밤낭구실잣밤나무, 후박나무와 조피나무, 나뭇잎에 기름을 바른 듯 반짝이는 종가시나무도 알려줬습니다. 이름을 불러주면 비로소 내게 오는 것처럼 알고 나니 더 가까이 느껴졌습니다.

얼마쯤 걷다가 백서향이 무리 지어 피어 있는 곳에 자리를 잡고 앉았습니다. 은은한 꽃향기가 가득했습니다.

"여기가 나만의 정원이야. 백서향 필 때마다 여기 왕 쉬당 놀멍 놀멍 가멘."

산방이는 참 멋진 정원을 가졌습니다. 우리는 펜펜혼반반한 돌 위에 앉아 그녀가 내려온 커피를 마셨습니다. 은은한 꽃향기와 커피 향이 어울렸습니다. 등에 내려앉은 짧은 겨울 햇살과 고요한 그 기운에 젖어 오래도록 앉아 있었습니다.

저녁 해가 나무 트멍틈을 비집고 들어올 때, 우리는 돌아서 걸었습니다.

"아, 여기 있네. 길마가지야. 길을 막아선뎅 행 그런 이름이 붙었대. 꼭 두 송이씩 피어."

별꽃처럼 작은 꽃 두 송이가 가느다란 가지 끝에 마주 붙어 잎도 없이 피어 있었는데 향기도 은근했습니다. 우리가 가지 못하게 길을 막아선 걸까요. "다음에 또 올게." 하고 길을 열어 달라 부탁

했습니다.

　내년에도 산방이와 백서향을 보러 곶자왈에 다시 오기로 했습니다. 그때도 그녀의 '비밀의 정원'에서 커피를 마시며 백서향 향기를 마시려 코고망을 벌룽벌룽할지도 모릅니다. 신비하고 순수한 곶자왈의 속살을 보여준 친구가 너무나 고마웠습니다.

　고향에 갈 때마다 바닷가에 있는 올레길이나 송악산, 월라봉 길만 걷곤 했는데, 저지곶자왈을 다녀온 후부터 화순곶자왈길을 걸었습니다. 나무들이 우거진 사노롱ㅎ서늘한 그늘에 서면 그들이 뿜어대는 입김이 상큼했습니다. 숲에서 배어 나오는 기운에 몸ㄷ금은 목욕한 듯 깨끗해지곤 했습니다.

　여행하면서 다채로운 풍경 속을 걸어보았지만, 내 고향 곶자왈 길도 못지않게 사랑스럽습니다. 동네 근처에 있는데도 여태 그 아름다움을 모르고 있었던 것이 부끄럽습니다. 걸을 때마다 곶자왈이 오래도록 그 신비한 아름다움을 그대로 간직하고 있기를 빌어봅니다.

　사람들은 숲을 좋아합니다. 나무 아래 자라는 작은 풀들, 그들이 품고 있는 포슬한 흙에 살고 있는 개미와 게우리지렁이, 작은 생물들, 수다스럽게 날아다니는 작은 생이들, 그 사이로 빛나는 햇살. 그런 곳에 서면 누구든 온 마음이 가라앉고 다정해지지 않을 수 없을 것입니다.

　숲에 들어서는 순간 인간은 온화해진다고 합니다. 그러니까 사람들은 온화해지고 싶어 숲으로 가는 것인지도 모릅니다. 숲이 나를 부릅니다. 가벼운 배낭을 메고 숲으로 갑니다. 배낭 안에는 빌브라이슨의 『나를 부르는 숲』이 들어 있습니다. 그가 걷는 애팔래치아 트레일과는 다르지만, 고요한 오솔길을 걸으면서 본래의 인간으로 돌아가는 연습을 합니다. 기꺼이 숲에 안깁니다.

고향에 갈 때마다 곶자왈을 걸으려고 합니다. 그동안 이끼는 얼마나 더 퍼렇해졌는지, 나무들은 얼마나 많이 자랐는지, 생이들은 또 얼마나 수다스러워졌는지 보고 오렵니다.

곶자왈 숲을 걸으며 스뭇사뭇 순해지고 싶습니다.

스페인에서 친구와 제주어를

유니와 나는 초등학교 동창입니다. 학교를 졸업하고 서로 갈 길을 살아가느라 오랫동안 왕래 없이 살았습니다. 그녀는 부산에 살았고 나는 서울에 있으면서 어쩌다 연락도 하지 않고 지냈습니다.

매사에 적극적인 그녀는 볼링을 수준급으로 잘하며 두 딸을 엄친아로 잘 키웠습니다. 좋아하는 한국화를 그려 전시회도 열었습니다.

어느 날 우리는 부산에서 만나 하루 종일 카페에서 수다를 떨었습니다. 30년이 넘는 공백을 한순간에 뛰어넘게 하는 마법이 있었으니 바로 고향 말이었습니다. 우리는 어느새 초등학교 시절로 돌아가 있었습니다. 그녀는 중학교를 졸업하고 죽 육지에서 살면서도 고향 말을 잊지 않고 기억하고 있었습니다.

11월 스산한 어느 날 아침, 출근하다가 문득 그녀 생각이 났습니다.

"이번 겨울방학에 같이 스페인 갈래?"

그녀는 '1도' 망설임 없이 바로 가자고 했습니다. 그녀는 언제

든 좋은 날씨에 싸게 갈 수도 있는데 내가 방학하는 기간과 맞추느라 여행비도 비싼 성수기에, 사람도 많고 여러 가지로 별로였지만 그녀는 흔쾌히 수락했습니다.

드디어 열흘간 스페인과 포르투갈을 도는 패키지여행을 떠났습니다. 호텔 침대에 엎드려 「라 캄파넬라」도 듣고, '타국의 낯선 거리를 생각해요'라는 가사가 나오는 심수봉의 「아모르」도 들었습니다. 날마다 가져간 옷을 침대 가득 펼쳐 놓고 다음 날은 무엇을 입을지 드레스코드를 정하고는 깔맞춤하며 한껏 본쟁이멋쟁이 흉내를 냈습니다. 살라망카에서는 연두색 후드티를 사서 쌍둥이처럼 입고 다니기도 했습니다. 식당에 내려갈 때는 정성껏 화장을 하고 살랄라 옷을 입고 우아하게 아침을 먹었습니다.

이래서 일 년에 한두 번은 떠나야 한다고 우리는 목소리를 높였습니다. 세상에서 제일 맛있는 '남이 해주는 음식'을 먹고, 살림에서 해방되는 자유를 실컷 누려야 한다고요. 열심히 산 보상으로 그걸 누릴 자격이 있다면서 활기차게 걸었습니다.

성당으로 시작해서 성당으로 끝나는 스페인 여행은 무척 인상적이었습니다. 구엘공원, 사그라다 파밀리아 성당, 톨레도, 말라가, 알함브라 궁전…. 예쁘지 않은 곳이 없었습니다. 고야 미술관에서 그림들을 보며 그녀가 그림을 그리고 내가 글을 쓰고 책 한 번 내자고 농담을 했습니다. 포르투갈의 까보 다 로까에서 담아간 커피를 요플레 컵에 담아 마시며 대서양 바닷바람을 맞기도 했습니다.

여행하는 동안 우리는 고향 말을 많이 했습니다. 그녀는 내가 잊어버린 제주어로 말해 베또롱을 잡게 했습니다. 사투리 대회에

나가면 일등감이었습니다. 다른 사람들은 알아듣지 못할 말이지만 우리는 소리 죽여 쿡쿡 웃었습니다.

건물마다 그림으로 안내하는 것이 많았습니다. 그림을 사랑한 나라 스페인은 그림으로 안내하고, 문자를 사랑한 우리나라는 문자 안내가 더 많습니다. 세비야 대성당에 들어갔을 때였습니다. 본당에 들어가기 전에 관람객을 위한 금지 경고 그림 문자가 붙어 있었습니다.

"와이파이 안 돼요, 블루투스 안 돼요, 이건 뭐지?"

막대그래프처럼 그려져 있는 기호는 뭔지 모르겠습니다.

"넌 꼬부라진 건 알고 과짝헌 건 몰람시냐?"

반듯한 것은 모른다는 그 한마디에 성당인 줄도 잊고 빵 터졌습니다. 너무 웃어 배가 아플 지경이었습니다. 우리끼리는 스페인 방언을 쓰는 거라고 웃었습니다. 다른 사람은 절대 알아들을 수 없으니 더 은밀했습니다. 속솜해불라조용해라, 메시쩨라어머나, 소도리고자질 그렇게 이상한 말들이 어떻게 만들어졌는지 궁금하다면서 주근주근자근자근 제주어로 말했습니다.

30년이 넘게 교실에서 표준어를 썼기에 사투리를 쓸 일이 별로 없던 나는 소곤소곤 제주어를 닝끼리다미끄리듯 말해 보니 그토록 재미있어진 것입니다. 다 잊은 줄 알았던 제주어를 그녀와 같이 막 쓰다 보니 입에 딱 붙었습니다.

어느 날 아침 우리는 일찍 나와 버스의 앞자리에 앉았습니다. 언니야들이 많았기에 우리가 앞자리를 차지하는 것은 염치없는 일이었습니다.

"촐람생이 ᄀ찌 자리 차지 했쟁 욕허겠지?"

촐랑이처럼 자리 차지한 우리에게 뭐라 할 것만 같았지만 그날
은 앞자리에 앉아보기로 했습니다. 그날은 들러퀴지는나대지는 말
고 촐람생이가 되기로 했습니다. 웃음이 터진 것은 물론이고요.
몬세라트에 갔을 때 성벽에 담쟁이도 있고 줄기 식물이 칭칭 얽
어 있었습니다. 친구가 보더니 한마디 했습니다.

"이걸로 눈벨레기 허멍 놀아신디"
"여기까지 왕 ᄀᄀ락도 봐졈싱게."

담쟁이 잎을 뜯어내고 작은 줄기로 눈꺼풀에 올려놓고 눈을 벌
려 보았습니다. ᄀᄀ락은 생이총에 총알로 썼던 열매입니다. Y자
나뭇가지 양쪽에 고무줄을 매고 가운데 돌멩이나 열매를 넣고 고
무줄을 늘여 생이를 맞추는 총. 이파리를 들어보니 까만 열매가
지락지락주렁주렁 열렸습니다. 대나무 홈통에 ᄀᄀ락 열매를 넣고
가는 막대로 피스톤처럼 밀면 딱 소리가 나면서 열매가 튕겨나가
던 딱총도 생각났습니다. 먼 나라에서 고향의 식물을 보니 참 반
가웠습니다.
아마도 그때 여행하면서 제주어를 가장 많이 썼던 것 같습니다.
열흘 동안 얼마나 많은 고향 말을 썼는지 잊었던 말들이 많이도
되살아났습니다. 촌티 나지 않으려고, 서울말을 써야 세련되게 보

이느라고 일부러 고향 말을 피했던 날들이 좀 부치러웠습니다.

마드리드로 오면서 산티아고 길을 걷는 영화 「The Way」를 보게 되었습니다. 그 영화를 보며 산티아고 순례도 같이 올까 하는 이야기를 나누곤 했습니다. 그녀는 몇 년 후 생장피드포르에서 산티아고 데 콤포스텔라에 이르는 800킬로미터가 넘는 길을 걸었습니다. 그녀는 그곳에 가기 위해 주말마다 17킬로미터 이상을 걸으며 연습했습니다. 꿈을 이룬 그녀가 대단합니다. 나는 아직 그 꿈을 실현하지 못하고 있습니다.

여행 오길 참 잘했다면서 다시 기회가 되면 같이 다니기로 했습니다. 돌아와서도 부산과 서울 중간 지점에서 만나 이곳저곳을 돌아다녔습니다. 군산 옥정호를 걸으며 또 많은 말을 쏟아냈습니다. 어디서든 우리는 제주어로 수다를 떨었습니다.

그추룩 많은 이야기를 했던 추억을 게므로사 잊을 수 이시카예. 차마 잊어불지 못하겠지요. 그렇게 많은 추억을 아무려면 잊을 수 있을까요. 차마 잊을 수 없을 것입니다.

산책길에서 만난 풀꽃들

이 여름 생명이 활기차지 않은 것이 없습니다. 풀 한 포기에서도 강인한 생명력이 느껴집니다. 바이러스조차 활기차서 우리는 아직도 입을 가리고 살아야 합니다. 가까이 만나지 못하고, 어디로 떠나지도 못하고, 모두가 은둔 생활을 하고 있습니다. 집콕이 힘들어 날마다 강가로 산책합니다.

산책길에 살랑살랑 꼴렝이를 흔드는 강아지풀이 가득합니다. 그 옆에 명아주도 덤부랑ㅎ게무성하게 자라고 있고요. 명아주와 강아지풀을 볼 때마다 아이들과 식물을 관찰하던 때가 떠오릅니다.

식물 단원을 공부할 때면 학교 뒤뜰에 나와 짝을 지어 주변에서 흔히 볼 수 있는 강아지풀과 명아주를 캐서 관찰하게 했습니다. 명아주는 잎이 넓고 마주나며 원뿌리와 곁뿌리가 있는 쌍떡잎식물의 특징을, 강아지풀은 잎이 어긋나고 잎맥이 길고 뿌리가 흩어진 수염뿌리를 가진 외떡잎식물의 특징을 보여주는 표본입니다. 한 포기씩 뽑아 관찰하는 아이들이 사뭇 진지했습니다. 돋보기를 들이대기도 하고, 이파리를 베르쌍벌려 보기도 하고, 손콥손톱으로 눌러보기도 했습니다. 공책에 실제 크기로 그림을 그리느라 열중인 아이도 있었습니다.

"강셍이풀 뜯엉 놀게."

개구쟁이들이 강아지풀을 뜯어 뒤춤에 감추고 살금살금 다가가 친구들 뒷목에 댔습니다. 관찰에 열중하던 아이는 목에 소낭베랭이송충이라도 기어가는 줄 알고 자지러지게 놀라고, 아이들의 깔깔 거리는 웃음이 푸른 하늘에 퍼지곤 했습니다. 세월이 흘러도 명아주나 강아지풀은 천지빗갈에지천으로 돋아나 언제나 그 기억을 되살려 줍니다.

산책길 너머 넓은 잔디밭을 지납니다. 잘 다듬어진 잔디 위를 걷는 것은 언제라도 기분이 좋습니다. 발밑에 닿는 폭신한 기분을 느끼며 천천히 걷습니다. 잔디는 힘도 좋지. 밟고 지나온 잔디는 발자국을 삭 지우고 어느새 꼿꼿하게 일어나 있습니다.

우리 집 앞밧듸 넓은 잔디밭이 있었습니다. 제주 잔디를 테역이라 부릅니다. 거기에 감저 빼때기를 널어놓거나, 고추나 곡식을 널어 말리곤 했습니다. 겨울이면 동네 조무래기들이 몰려와 연날리기하는 곳이기도 했습니다. 앞밧듸서 연을 날리던 오빠는 연줄을 끌고 와 집 기둥에 묶었다가 밥을 먹고 다시 가서 날리곤 했습니다.

그때 하늘로 날아오른 연을 보듯 고개를 들어 오솔길로 올라서면, 온갖 풀들이 기운 센 힘을 뽐내며 뻗어가고 있습니다. 메꽃 줄기가 얽어진 사이로 달개비 무리가 작은 청보랏빛 꽃잎을 두 귀처럼 세우고 빼꼼빼꼼 피어 있습니다. 두 장뿐인 꽃잎이 생기다 만

것 같이 안쓰럽지만, 농사짓는 분들에게는 아주 괴로운 풀입니다. 검질김 맬 때마다 징글맞은 풀이라고 뽑아서 담으로 휙 던지곤 했습니다.

"이놈의 풀은 작박에 던졍 내불어도 살아나."

뽑아서 돌담 위에 던져 놓아도 산다는 풀. 아버지가 던진 달개비가 작박돌무더기로 쌓아진 담벼락에 그대로 붙어 자라는 것을 나도 많이 봤습니다. 그땐 그리 미웠던 달개비. 갈옷을 입고 농사짓던 부모님 얼굴이 달개비꽃 위에 겹쳐집니다. 부모님을 힘들게 한 풀이 달개비만은 아닙니다. 여뀌, 절완지바랭이풀, 대우리도 지긋지긋한 풀이었습니다. 하지만 산책길에 피어 있는 달개비꽃이나 초록 무리로 바람에 흔들리는 대우리는 예쁘기만 합니다.

질경이도 동그란 잎을 세우고 꽃대를 밀어 올리고 있습니다. 척박한 땅, 시멘트 길 틈에도 납작하게 붙어 자라고 있는 질경이. 질겨서 그렇게 부르는 줄 알았더니 길에 흔히 산다고 '길경이'라고 부르던 데서 온 이름이라고 합니다.

하굣길에 질경이 꽃대를 뜯어 친구와 내기를 하곤 했습니다. 꽃대 줄기를 고리처럼 구부려 마주 걸어 잡아당기면 끊어지지 않고 오래 버티는 사람이 이기는 놀이였지요. 책가방을 길바닥에 팽개치고 질경이 줄기를 한 움큼 뜯어 ㅈ꿋디 쌓아 놓고 재산이 다할 때까지 잡아당기기 놀이에 정신을 팔곤 했습니다.

그런데 이 풀은 처음부터 척박한 땅에 산 것은 아니었습니다. 다른 식물에 밀려 한데서 자라게 된 것입니다. 적자생존의 법칙은 어디든 여지없습니다. 땅에 붙어살면 바람에 저항을 덜 받고 동물들에 의한 훼손을 막는데 유리할 뿐만 아니라, 동물을 이용하기까지 하니 질경이는 군융이꾀가 지깍가득한 풀입니다. 사람들이나 동물의 발바닥에 씨앗을 묻혀 종족을 퍼트린다니, 밟히면서 번식하는 식물인 셈입니다.

잔디도, 질경이도 꺾이고 밟혀도 원래의 모습을 금방 찾는 '내답압성'이 있기에 죽지 않고 잘 자라고 있습니다.

인간에게도 그런 성질이 있습니다. 실패나 부정적인 상황을 극복하고 원래의 안정된 심리적 상태를 되찾는 회복탄력성이 그것입니다. 살면서 좌절에 부딪치기도 하고, 타인으로 인해 상처를 입고 마음을 다치기도 합니다. 헤어날 수 없는 고난이나 슬픔으로 삶을 놓기도 합니다. 그럴 때 회복탄력성은 우리를 다시 살게 하는 신비한 힘이 됩니다.

원래대로 돌아오는 면에서는 식물이 인간보다 훨씬 강해 보입니다. 이 여름도 그들만의 생명력을 내뿜으며 자라나고 있는 하찮은 풀들. 밟고 또 밟아도 살아나 돌 틈이건, 시멘트 틈이건, 거친 땅에서건 끊임없이 솟아 올라와 다음 세대에 종을 이어주는 그것들이 장하기만 합니다.

그동안 화려한 것에만 머물던 눈을 그늘진 곳에 있는 하찮은 것들에게도 나누어 봅니다. 산책길에서 만난 풀들, 그 보잘것없는 것들에게 살아가는 법을 새삼 눈여겨보게 됩니다.

감자 한 알

사돈댁에서 택배가 자주 옵니다. 이번에는 감자를 보내 주셨습니다. 호미 날 하나 찍힌 것 없이 동글동글 미끈한 것으로만 골라 담은 그분의 손길이 느껴졌습니다. 여름 내내 하늘이 터진 듯 쏟아부은 비에도 저를 가꾼 농부의 마음처럼 실하게 잘 자랐습니다.

한 알을 꺼내 감자 볶음밥을 만들었습니다. 얇게 썬 마늘이 올리브유에 투명하게 익으면서 향긋한 냄새가 솔솔 피어났습니다. 거기다 잘게 채 썬 감자를 넣고 볶다가 소금 간을 하고, 감자 한 알만큼의 밥을 넣어 노릇노릇할 때까지 뒤적이면 감자 볶음밥이 됩니다. 요리라고도 할 수 없는데, 향긋한 마늘 향이 배어 있어 놀라운 맛이 납니다.

사실 감자는 귀하거나 화려한 식재료는 아닙니다. 배추처럼 치밀한 각도로 잎을 포개 꽃잎처럼 피어난 것도 아니고, 송이처럼 향이 뛰어나고 귀하지도 않습니다. 그저 심드렁한 머슴 같습니다. 통통하게 올라온 순이 달리게 옴폭오목한 감자 눈을 여러 조각으로 잘라 심고 비닐을 씌워 구멍을 뚫어 주면 싹이 납니다. 씨감자 하나로 여러 개의 감자 모종이 되고 주렁주렁 매달린 감자들을 만들어내니 키우기도 페랍지까다롭지 않습니다.

감자꽃도 수수합니다. 초여름 감자꽃 핀 풍경을 보러 강원도로 가려다 못 간 적이 있었습니다. 그해에 가뭄이 들어 꽃이 많이 피지 않았고, 꽃 때문에 뿌리에 영양이 덜 가기에 씨알이 홀거지라 고굵어지라고 다 따버린다고도 했습니다. 그렇게 못 본 감자꽃 핀 풍경을 동유럽 어딘가를 지날 때 문득 차창 밖으로 보게 되었습니다. 비 내리는 감자밭에 몽글몽글 무리 지어 안개처럼 피어 있는 감자꽃 핀 들판. 사라질 때까지 고개를 돌리며 바라보았습니다.

감자가 온 후로 날마다 감자 요리를 했습니다. 냅작냅작 썰어 팬에 구워서 먹고, 채 썰어 볶아 먹고. 이번에는 몇 알을 쪘습니다. 익어가는 감자 냄새를 따라 나는 또 어린 시절로 거슬러 올라갑니다.

지슬. '지슬'이라고 발음할 때부터 가난한 그림이 같이 따라옵니다. 지슬 먹는 모습을 생각하면 고단한 삶이 먼저 떠오릅니다.

눈이 내릴 것 같은 밤이면 지슬이나 감저 빼때기를 쪄서 식구들이 둘러앉아 먹곤 했습니다. 차롱에 담은 지슬이 식을 동안 오빠와 나는 "감저에 싹이 나서, 이파리가 감저, 감저감저감저~"를 부르며 젱젬보가위바위보 놀이를 하였습니다. 밤부리 날개 같은 껍질을 모조리 벗기면 뽀얗고, 탱탱하고, 맨질맨질하고, 눈부신 지슬 속살이 드러났습니다. 못난이 씨 지슬에서, 수수한 꽃에서, 그토록 우아한 지슬이 태어난 것입니다. 한 입 베어 물면 토끼 이빨처럼 잇자국이 선명하게 남았습니다.

지슬이 푸짐해졌으니 가까이 사는 친구에게도 싸 주고, 날마다 지슬 반찬을 만들었습니다. 껍질을 벗기고 깍둑 썰어 끓이다가 파를 쏨쏨 썰어 놓고 춤지름 한두 방울 떨어트립니다. 농사일로 바쁜 생활 속에 쉽게 만들어 먹던 제주도식 지슬 반찬입니다. 우리는 그것을 먹고 힘내서 공부하고, 부모님은 힘내서 유채 비고 감저를 팠습니다.

지슬 반찬 먹을 때는 하르방 생각도 납니다. 어느 날 아침 학교에 가려고 마래에서 밥을 먹고 있는데 무엇 때문에 부에나셨는지 하르방이 올라와 밥상을 엎어버렸습니다. 막 지슬 반찬을 떠먹으려는 찰나였습니다. 내 기억에 다정한 하르방은 아니었습니다. 손주들에게 동고리 하나, 세뱃돈 한 번 주신 적 없었습니다. 그렇게 쌓아둔 비밀스런 돈을 굴묵 깡통에 묻었다가 누군가에게 빼앗기고 말았습니다. 사일러스 마너를 알았을 때 우리 하르방이 떠올랐습니다. 그는 영혼을 고쳐 새로운 삶을 살며 사람들에게 사랑받았으나, 하르방은 돌아가실 때까지 아무에게도 마음을 열지 못하셨습니다. 지슬 반찬을 함께 먹으며 다정한 할아버지로 기억되는 추억이 하나쯤 있어도 좋았을 것을.

포슬포슬한 지슬 반찬을 먹을 땐, 물랑물랑한 기억도 데려옵니다. 대학생일 때, 어느 날 우리 집에 남자친구들 몇이 왔습니다. 배고프다길래 라면을 끓일까 하다가 밥상을 차렸습니다. 지슬 서너 개를 깍둑으로 썰어 놓고 끓이다가, 익을 즈음 계란을 풀어 소금 간을 하고, 페마농 쏨쏨 썰어 위에 뿌리고, 내놓기 전에 춤지름 몇 방울 둘렀습니다. 소박한 지슬 반찬 앞에 모여 앉은 ~나이 사나이들은 숟가락을 부딪치며 쩝쩝 소리도 요란하게 먹었습니다.

그 지슬 반찬을 먹던 한 친구는 세월이 흘러 특별한 지슬 반찬을 선사 받게 되었습니다. 멸치와 다시마와 육수를 내고 돼지고기를 썰어 넣어 만든 지슬 반찬을 먹게 된 사람. 그는 내 남편이 되었지요.

출근하면 지난밤 집에서 있었던 일들을 미주알고주알 이르느라 아이들이 내 책상에 모여 턱을 고였습니다. 아빠가 만든 동태찌개가 너무 매웠다요, 새 공책 샀다요, 치킨을 먹었어요, 서로 이야기하느라 내 책상 주변은 늘 소란했습니다. 현준이가 인사를 하더니 주머니에서 뭔가를 꺼내 내밀었습니다. 껍질은 벗겨지고 주머니 속에 들어 있던 먼지 보푸라기가 달라붙은 감자 한 알.
아아, 삶은 감자를 먹다가 선생님이 생각난 아이. 주머니에 넣고 따뜻하게 조몰락거리다 맨몸이 된 감자. 식지 않으려고 아이 손에서 제 온기를 꼭 간직한 감자. 아이는 자랑스럽게 그것을 내 손에 올려놓은 것이었습니다. 아이들은 모두 나에게 눈을 모았습니다. 이제 맛나게 먹을 선생님을 기다리고 있는 것이었죠. 그것을 먹지 않으면 안 되었습니다.
"현준이가 선생님 생각해서 가져왔구나. 아유, 맛있겠다."
웃음이 먼지가 달라붙은 감자를 닦고 반으로 갈라 쩝쩝 소리 내어 먹어주었습니다. 그때서야 아이들 얼굴에 스르르 번졌습니다.
이 사랑스러운 아이들. 어떤 때는 사탕이나 슬픈 달걀, 때로는 녹은 초콜릿, 물랑한 귤 몇 개. 아이들의 주머니에는 선생님을 향한 사랑이 그렇게 들어 있었습니다.

윤택수는 「산문」에서 이렇게 말합니다.

'감자의 둥긂, 쟁기의 버팀과 휨, 헛간의 으스름. 나는 그러한 산문을 쓰려고 한다.'

밤부리 날개 같은 껍질 속에 숨겨둔 우아한 속살을 가진 감자, 포슬포슬한 위안을 주는 감자. 감자처럼 소박하고 위안을 주는 글을 쓰고 싶어집니다.

늦가을 내내 감자를 먹으며 내 마음도 감자를 닮아가고 있습니다.

아버지 이야기
- 대나무에 고장 피민

일제 때 공출 때문에 촘 힘들었주. 일본 놈덜은 우릴 사름으로 취급을 안했지. 압박과 설움으로 촘 ᄀᆞ망 모른다. 물 양식으로 보리 다 공출해가불민 먹을 게 없었지. 먹고 사는 게 젤 힘들었주. 풀 먹엉 살았지. 그땐 밧듸 물릇이 많았지. 그거 파당 씻엉 항아리에 낭 ᄀᆞ스락 불 피왕 솖앙 먹었지. 그거 독행 먹으민 모가지 아팡 잘 못먹었지. 게도 먹을 거 어시난 먹었주게.

순ᄉᆞ 한 사름이면 안덕면을 다 다스렸주. 제국주의 순경이 어떵 사 엄혹헤신디 순경이 얼마나 ᄆᆞ수우민 아이들도 "저기 순ᄉᆞ 심으러 왐저." 허민 말 안듯당도 얌전해지곡 했지. 호랑이보당 더 ᄆᆞ수왕 했지.

해방되난 이젠 살았구나 해신디 어지러운 시기에 또시 4·3이 있었잖아. 군인들 들어왕 소개령 내리난 서광, 동광 살던 사름들 다 내려왔지. 우린 도리못 살았잖아. 도리못 사름덜도 알러래 내려왕 살았주게. 집이영 살림살이영 농서짓덩 거 몬딱 내부러둰 오

젠허난 사름들이 오죽해시크냐.

경헌디 자연의 순리라는 게 참 묘허대. 열대여섯 때였지. 나라
가 망허젠 허민 대나무꽃이 핀다는 말을 들었거든. 난 대나무 고
장 핀 거 봐서. 보리왓디 대우리 있잖아, 그거 비슷해. 그추룩 까
릿까릿헌 게 가지마다 ᄆᆞᆮ딱 꽃이 피었어. 서광이고 동광이고 그렇
게 꽃이 피었어. 게난 집이고 뭐고 다 태워부난 어서진 부락이 혼
둘이 아니었주. 중산간에 있던 마을들 ᄆᆞᆮ딱 어서졌쭈. 사름들 살
았던 흔적만 냉겨뒁. 그루후젠 대나무 고장 핀 거 못 봤어.

ᄉᆞ삼이 넘으난 또 밧디 콩이 이상해. 호미로 콩을 꺾었잖아. 꺽
엉 ᄆᆞᆯ르면 묶어당 마당에 멍석 피왕 두드렸주게. 경헌디 콩 꺾어
놩 묶으레 강 보민 묶으기 전이 야, 거첨 콩이 ᄆᆞᆮ딱 까져부는 거
라. 다다다 허멍. 경 까지게 익지도 않은 때 ᄎᆞ례에 비어신디도
경허더라고. 묶으기 전이 다다다 까지는 거라. 아메도 나 생각으
로 혼 5프로는 까지는거 닮아. 다다다 총소리 나듯이 경 까지더
라고. 게난 사름덜이 "난이 일어난다." ᄒᆞ더라고. 그 해 6·25가
터졌잖아. 제주는 난리와 멀었주만은 피난 온 사름덜이 많았지.

또 작년 재작년ᄁᆞ지 육지는 몰라도 제주도 소낭이 다 죽어가는
거라. 마스 다께 라고 마스는 소낭, 다께는 대나문디, 소나무 대나
무는 사람허고 젤 가차운 나무잖아. 사름 사는 동네는 소낭이영
대낭이영 꼭 있잖아. 소낭은 밑둥을 잘라불민 다시 새로 나오지
않거든. 사름추룩 혼 번 죽으민 다시 안 살아나주게. 대나무는 나

187
3 늭영 나영

고 또 나고 철년말년 간다 했거든. 경헌디 소낭덜 몬딱 비어 자치고 난리가 났지. 재선충으로 흔 3년 동안 경해실걸.

그 난리 즈자지난 코로난가 무시건가 나타나더라고. 소낭이 다 죽어 가난 사람도 하영 죽을로고나 생각해신디 춤말로 경 되잖아. 이거 코로나도 빨리 안 끈나. 흔 삼년을 갈 거라.

대나무 고장 핀 거 봤지, 콩 까지는 거 봤지, 소낭들 죽어가니 그때마다 구진 일 일어나잖아. ᄀ만이 생각해 보민 자연이 순리라는 게 춤 신기해.

아버지 이야기
- 대나무에 꽃이 피면

일제 때 공출 때문에 참 힘들었지. 일본 놈들은 우리를 사람으로 취급을 안 했지. 압박과 설움으로. 참 말해도 몰라. 말 양식으로 보리를 다 공출해 가버리면 먹을 게 없었지. 먹고 사는 게 제일 힘들었어. 얼마나 먹을 게 없으면 풀 먹고 살았지. 그땐 밭에 무릇이 많았어. 그거 파다가 씻어 항아리에 넣어 까끄라기 불 피워서 삶아 먹었지. 그거 독해서 먹으면 목이 아파 잘 못 먹었지. 그래도 먹을 게 없으니 어쩔 수 없이 먹었지.

순사 한 사람이면 안덕면을 다 다스렸어. 제국주의 경찰이 얼마나 엄혹했으면 순경이 얼마나 무서웠는지 아이들도 "저기 순사 잡으러 온다" 하면 말을 안 듣다가도 얌전해지고는 했지. 호랑이보다 더 무서워했지.

해방이 되자 이젠 살았구나 했는데, 어지러운 시기에 4·3이 있었잖아. 국군이 입도하고 소개령이 내리자 서광, 동광 살다가 다 내려왔지. 우린 도리못 살았잖아. 도리못 사람들도 아랫동네로 내려와 살았지. 집이랑 살림이랑 농사짓던 거 모두 내버리고 오려

하니 사람들이 오죽했겠니.

그런데 자연의 순리라는 게 참 묘허대. 열대여섯 때였지. 나라가 망하려고 하면 대나무꽃이 핀다는 말을 들었거든. 난 대나무꽃 핀 것 봤어. 보리밭에 대우리 있잖아. 그거 비슷해. 그처럼 까릿까릿한 게 가지마다 모두 꽃이 피었어. 서광이고 동광이고 그렇게 꽃이 피었어. 집이고 뭐고 다 태워버리니 사라진 부락이 한 둘이 아니었지. 중산간에 있던 마을들은 죄다 사라졌지. 사람들이 살았던 흔적만 남기고. 그 후로는 대나무꽃 핀 것 못 봤어.

4·3 넘으니 또 밭에 콩이 이상해. 낫으로 콩을 베었잖아. 마르면 묶어서 마당에 멍석 위에서 두들겼지. 그런데 콩 베어놓고 묶으러 가 보면 야, 그것 참, 묶기 전에 콩이 모두 까져버리는 거라. 다다다다 하면서. 콩깍지가 벌어지게 익지도 않은 때, 차례에 베었는데도 그렇더라고. 묶기 전에 다다다 까지는 거라. 아마도 내 생각으로 한 5프로는 깨지는 것 같았어. 다다다다 총소리 나듯이 그렇게 깨지더라고. 그러니 사람들이 "난이 일어난다." 하더라고. 그 해 6·25가 터졌잖아. 제주는 난리와 멀리 있었지만 피난 온 사람들이 많았어.

또 작년 재작년까지 육지는 몰라도 제주도 소나무가 다 죽어가는 거라. 마스 다께라고 마스는 소나무, 다께는 대나문데, 소나무 대나무는 사람과 젤 가까운 나무잖아. 사람 사는 곳에는 소나무와 대나무가 항상 있잖아. 소나무는 밑동을 잘라버리면 다시 새로 나오지 않거든. 사람처럼 한 번 죽으면 그만이거든. 대나무는 나고 또 나고 천년만년 간다 했거든. 그런데 소나무들 모두 베어내고 난리가 났지. 재선충으로 한 3년 동안 그랬을 거야.

(2020년 현재 지난 8년 동안 재선충으로 도내 소나무를 230만 그루나 베어냈다고 합니다. 참 안타까운 일이지요.)

그 난리 수그러들자 코로난가 무언가 나타나더라고. 소나무가 다 죽어가니 사람도 많이 죽겠구나 생각했는데, 참말로 그렇게 되잖아. 이거 코로나도 빨리 안 끝나. 한 삼 년은 갈 거야.

대나무꽃 핀 거 봤지, 콩 까지는 거 봤지, 소나무들 죽어가니 그때마다 궂은일 일어나잖아. 가만히 생각해보면 자연이 순리라는 게 참 신기해.

4

ᄒᆞᆫ근 생각

온갖 생각

ᄒᆞᆫ근 생각 허당 보민
ᄒᆞᆫ녁으론 ᄌᆞ자지곡 ᄒᆞᆫ녁으론 ᄆᆞ음 노록

온갖 생각 하다 보면
한편으론 걱정되고 한편으론 마음 놓고

모든 삶은 아름답다

　작년에 열지 못한 올림픽이 시작되었습니다. 무관중으로 치러진 조용한 올림픽은 슬프기조차 했습니다. 열띤 응원도 화면으로 해야 했습니다. 선수들은 온 힘을 다해 자신의 한계에 도전했습니다. 이어진 패럴림픽에 사람들은 경기에 시들했고, 온갖 이슈에 묻혀 빛을 보지 못하는 듯했습니다. 팬데믹이 4차 유행을 휩쓸고 있었거든요.

　패럴림픽은 정말 인간승리의 장입니다. 경기의 순위나 메달보다 장애를 극복하고 경기에 참여하는 선수들의 사연이 더 빛났습니다. 그저 장애를 극복하고 살아가는 것만도 대단한데, 그것을 넘어 재능을 연마하여 놀라운 능력을 발휘하는 일은 극기의 차원을 넘어 기적에 가까운 일입니다.

　이번 패럴림픽에도 대단한 선수들이 참여했습니다. 한 명 한 명이 지난한 사연을 가지고 있는 선수들. 어느 누구도 정도를 비교할 수 없습니다. 힘든 몸으로 경기에 참가한 선수들의 분투는 놀라움의 경지를 넘어섰습니다.

라켓을 입에 물고 탁구를 하는 선수, 팔목에 펜싱 검을 붙여 들고 하는 펜싱 선수, 팔도 다리도 없는 몸으로 수영을 하는 수영선수, 그들의 기적 같은 경기를 보면서 완전한 몸을 가진 나를 돌아보게 되었습니다. 온몸을 오고셍이본래대로 가지고 태어났는데도 조그만 힘든 것도 짜증을 내고 쉽게 포기하며 참지 못해 붕당거리던투덜거리던 것이 부치러워집니다.

브라질의 가브리엘 게랄도 도스 산토스 아라우호 선수는 팔도 다리도 없는 수영 대표선수입니다. 수영선수에게 팔과 다리가 없는 그보다 더한 장애가 있을까요. 도우미가 천을 잡아 주자 물속에서 그것을 입에 물고 몸을 오그려 출발선에 대기해 있습니다. 출발 신호가 울리자 믿을 수 없게도 그는 유연하게 물속을 헤엄쳐 빠르게 나아갑니다. 물속에서 마치 투명 팔과 투명 다리를 가진 사람처럼 몸을 굴신하며 앞으로 죽죽 나아가고 있었습니다. 온몸의 반동으로만 수영하는 모습을 보고 입이 다물어지지 않았습니다. 그것은 기적이었습니다!

열 살 때 기차 사고로 두 팔을 잃은 이집트 국가대표 이브라힘 하마드투는 탁구 선수입니다. 마흔여덟이 되어도 도전은 계속되었고 벌써 두 번째 패럴림픽 출전입니다. 운동화를 벗은 오른발로 공을 올려 서브를 하고 라켓을 입에 물어 스매싱을 합니다. 하마두트는 처음에는 겨드랑이로 라켓을 잡으려 했지만 실패하고 그때 입으로 탁구를 하면 어떨까? 하는 생각이 들었다고 합니다. 그렇게 입 탁구는 시작되었습니다.

"탁구를 하면 모든 걸 잊을 수 있어요. 마치 왕이 된 기분이 들죠."

입으로 라켓을 물기도 힘이 드는데 그것으로 스매싱을 하고 드라이브를 날리고 있습니다. 나도 같이 탁구를 하는 것처럼 입이 아파옵니다. 전후좌우 날아오는 공을 받느라 그의 머리는 쉴 새 없이 흔들립니다. 그런 광경을 전 세계가 지켜보면서 사람들에게 엄청난 용기를 줄 것 같았습니다.

이탈리아의 휠체어 펜싱 선수 비어트리스 마리아 비오는 이번 패럴림픽 첫 금메달을 목에 걸었습니다. 그는 세계에서 유일하게 두 손과 두 발이 없는 펜싱 선수입니다. 열한 살 때 뇌수막염으로 104일 동안 병원에 있었습니다. 다행히 목숨은 건졌지만, 양 팔꿈치와 무릎 아래를 모두 절단해야 했습니다. 날마다 왜 자신에게 이런 일이 생겼나 자책하며 살았습니다. 그러다 검을 잡게 되었습니다. 검이 연결된 보조 장비를 팔에 연결하고 테이프로 고정하여 휠체어에 앉았습니다. 매일 여덟 시간 이상 연습했습니다.

"휠체어 펜싱은 고정돼 있어서 뒤로 물러날 수가 없어요. 도망갈 수 없으니 두려움도 없어지는 것 같아요."

물러날 수 없는 싸움. 그는 불가능을 이겨내고 많이 울었습니다. 나도 눈물이 났습니다. 살면서 불평이나 불만을 쉽게 하면 안 되는 거였습니다.

패럴림픽 경기에 참여하는 것만으로도 모두 금메달감입니다. 그들에게 얼마나 많은 좌절과 절망의 시기가 있었을까요. 날마다

우리 사는 동안에 부에나도 지꺼져도

죽고 싶을 만큼 힘든 날들이었을 것입니다. 자신들의 몸이 남과 다르다는 것을 떠나 남들은 다 가진 신체 부위를 잃고 살아간다는 것에 신도 부정하고 싶었을 것입니다. 하지만 그들은 사는 것에 의미를 찾았고, 그 어떤 장애도 장애가 되지 않았습니다.

그들이 겪는 고통이 어떤 것인지 감히 공감할 수는 없지만, 그들이 겪었을 힘듦을 조금은 알 것 같습니다. 그런 몸으로 삶을 살아가는 것만도 고맙고 아름다운 일인데, 저토록 치열한 삶을 살아가는 것이 숭고합니다. 나였다면 나를 자책하고 주변을 성가시게 하고 가족들을 힘들게 했을 것입니다. 어떤 의미 있는 일을 찾아 세상을 살아볼 가치가 있다 생각을 할 수나 있었을까요.

동네에 한쪽 다리를 못 쓰고 지팡이를 짚고 다니는 선배가 있었습니다. 어릴 때 소아마비로 아프고 나서 그리되었습니다. 여름 반바지를 입었을 때는 그 하얗고 가는 다리가 눈에 들어왔습니다. 넓은 바지통에 막대기처럼 들어 있는 다리. 그를 뒤에서 놀리는 사람들이 있었습니다. 신체의 불구가 어떻게 놀림감이 될까요.

"가이, 아기 때 소아마비 걸린 게. 아파난 다음은 다리 흔짝 오꼿 쓸려부런게. 요망진 아인디···. 발촐래기랜 놀리곡, 다리 빙신이랭 놀리곡, 클 때 오족 놀림받아시냐. 가인 첨 고생 하영 허였져."

아기 때 아픈 후 다리 한쪽이 쓸렸고, 크면서 그는 한쪽 발로 다니는 다리병신이라고. 놀림을 많이 받았습니다. 선배는 꿋꿋하게 견뎌냈습니다.

사력을 다해 모든 것을 보여준 그들이 숭고하게 여겨집니다. 그들의 투혼을 보는 전 세계의 모든 힘든 사람들이 용기를 얻었기를 바래봅니다.

그 어떤 삶이든 함부로 하면 안 됩니다.

모든 삶은 아름답습니다. 신체의 장애를 극복해 낸 이들이 있어 삶은 경이롭기까지 합니다.

이 세상에 새로 온 얼굴들

목요일마다 신문에 아름다운 사진이 실립니다. 「우리 아기가 태어났어요」라는 아기 탄생을 축하하는 지면입니다. 태어난 지 채 2,3주가 되지 않는 아기들. 눈을 채 뜨지 못한 아기부터 활짝 웃는 아기 사진들 옆에 이름과 태어날 때 몸무게, 부모의 소망이 담긴 짧은 글이 함께 적혀 있습니다.

우리에게 와 주어서 기쁘다, 너를 만난 것은 행운이다, 사랑한다, 잘 자라다오, 라는 젊은 부모들의 염원이 가득 담겨 있습니다. 그 글을 읽기만 해도 가슴이 뭉클해집니다. 아이를 낳아본 사람이라면, 아이를 낳아보지 않더라도 세상에 막 나온 아기들의 얼굴을 보며 뭉클해지지 않을 사람은 아마 없을 것입니다.

흉흉한 사건 소식, 화나는 기사를 읽으며 꽁꽁 굳어지다가도, 아기들 사진을 보면 대번에 웃음이 번집니다. 아직도 많은 아기가 세상 어디선가 태어나 울음을 터뜨리면서 새 세상에 와 있구나 생각하면 기운이 납니다. 이 세상에 맑은 샘물이 솟아나는 듯해서 한없이 기쁩니다.

한 번에 보통 열아홉에서 스물두 명의 아기 사진들이 실립니다. 열아홉 명의 아기 중에 열세 명의 아기가 눈을 감고 나머지는 눈을 뜨고 웃거나 입을 다물고 있습니다. 아직은 자신들이 온 세상을 똑바로 보기가 겁이 나는 것일까요. 아니면 엄마 뱃속의 따듯함에서 아직은 벗어나기 싫은 것일까요. 옆으로 돌아누워 자고 있는 얼굴을 한 아기는 뱃속에서 막 나온 것처럼 머리가 촉촉이 젖어 있습니다. 눈을 감고 뱃속이 좋았어, 회상하고 있는지도 모릅니다. 귀여운 털모자를 쓰고 울 것 같은 얼굴, 머리보다 더 큰 빨간 리본을 머리에 이고 있는 아기도 있습니다.

눈을 감고 입을 오므린 아이는 꿈속에서 엄마 젖을 빨고 있는 것일까요. 입을 벌리고 웃는 아기는 엄마와 미리 놀이동산이라도 간 것일까요. 입을 꼭 다문 채 눈을 동그랗게 뜨고 어딘가를 응시하는 얼굴도 있습니다. 자기 앞에 펼쳐진 모든 것이 궁금하여 쳐다봅니다. 여기가 어딜까. 나는 왜 엄마 뱃속에서 나와 이 낯선 곳에 누워 있는 걸까. 거기 서 계신 분들, 당신들이 내 부모인가요, 얼마 전까지 당신의 뱃속에서 헤엄치다 온 내가 맞나요, 그런 질문을 쏟아내느라, 궁금해하는 얼굴입니다.

아기들은 부모들 사랑의 결실입니다. 눈을 감고 있든 울고 있든 이 세상에서 가장 귀엽고 사랑스러운 얼굴들입니다. 온갖 표정을 한 아가들의 얼굴을 보면서 나는 경건해집니다. 엄마의 뱃속에서 열 달 동안 자라고 용을 쓰며 세상 밖으로 나온 아기들의 얼굴에 신이 서려 있습니다.

분신을 옆에 누인 엄마는 그 작은 아기의 출현이 믿기지 않습니다. 출산의 지난한 고통을 겪고 겨드랑에 옆에 누워 오물거리는 아기를 보면서 엄마는 거룩해지고 맙니다. 내 아기. 이 조그만 생명체를 품고 다녔단 말이지. 내가 낳은 아이란 말이지. 우리 사랑하여 키운 씨앗이 한 인간이 되어 세상 밖으로 나왔단 말이지. 엄마는 가슴이 뜨거워집니다. 음식을 보기만 해도 속이 늬울늬울느글느글 하던 입덧을 이겨내고 열 달을 긴녀 비로소 엄마가 된 순간. 이 아이를 잘 키워야 한다는 모성이 폭포처럼 쏟아집니다. 그 기적의 순간에 아기 아빠도 탄생의 고통과 신비를 옆에서 보면서 마음이 즈자듭니다. 이제 나는 아빠가 되었구나. 나를 키워준 내 아버지와 같이 가정을 책임져야 할 사람이 된 거구나. 저 생명의 미래가 나에게 달려 있구나. 사랑과 책임감으로 가슴이 뻐근해지고 맙니다. 아기들은 사랑받기 위해 태어난 것입니다.

첫아이를 낳았을 때 엄마가 미역국을 끓여 주셨습니다.

"나도 새끼 아까울 땐 할타간다 할타온다 허멍 키웠주. 이제 아기 키워보라. 늬도 부모 마음 알 거여."

자식이 예뻐서 핥으며 우리를 키웠다는 엄마. 키워봐야 부모의 마음을 알게 됩니다. 진짜 사랑이 어떤 것인지.

아기가 태어난 순간의 그 마음으로 아이들을 키운다면 문제아는 아마 없을 것입니다. 아기가 이 세상에 온 순간 기쁘고, 고맙고, 귀하고, 행복하고, 사랑스러운 마음만 가득했던 순간을 기억한다면 말입니다. 세상에 부러울 것이 없는 그 기적 같은 마음은 우리는 때때로 잊고 맙니다.

'오직 건강하고 착하게 자라다오.'

두 손을 모으고 기적의 순간 품었던 간절함은 어느새 안드로메다로 보내버리고, 영어도 마스터해야 하고, 운동도 악기도 두루 배우게 해야지, 좋은 대학에 보내야지, 끝도 없는 욕심에 휘둘리고 맙니다. 그때부터 우리는 아이를 끊임없이 담금질을 하게 됩니다. 부모들의 욕심에 아이는 지치고, 힘들고, 기어이 영혼을 멍들게도 합니다. 이제 막 부모가 된 이들은 부디 이 순간을 잊지 말고 아기들을 정성과 사랑과 기다림으로 키우시길.

이 시간에도 어디선가 누군가는 아쉽게 가고, 아가들은 축복 속에 새 세상으로 오고 있습니다. 멋진 세상에 와서 엄마 아빠를 만나 울음을 터뜨리고 있습니다. 사랑이 무엇인지 알려주려 오늘도 아가들은 힘찬 울음을 터뜨리며 '이 풍진 세상'으로 걸어오고 있습니다.

새 생명의 탄생은 어떻든 기쁘고 세상이 환호할 일입니다. 가장 아름다운 사진. 아기 얼굴들을 보며 그들에게는 우리가 살고 있는 세상보다 훨씬 더 좋은 세상이 다가오길 빌어봅니다.

아기들에게 축복이 있기를. 건강하고 지혜롭게 자라기를.

우리가 잠든 사이에

우리가 잠든 사이에 얼마나 많은 일이 일어날까요. 우리가 잠든 사이에 잠 못 이루는 사람들은 또 얼마나 많을까요.

믹 잭슨이 쓰고 존 브로들리가 그린 『우리가 잠든 사이에』를 읽었습니다. 펜과 잉크로 촘촘히 그린 그림이 눈에 띕니다. 한 장 한 장 걷으며 작은 그림까지도 세세하게 살펴봅니다. 그림책을 읽을 때는 자꾸 따뜻한 미래가 다가옵니다. '할미' 하고 부르며 책 읽어 달라고 무릎에 앉아 눈 베롱이반짝 뜨고 올려보는, 언제 이 세상에 올지 모르는 아가의 얼굴을 그려봅니다.

한 소년이 토끼 인형을 안은 채 퀼트 이불을 덮고 잠들어 있습니다. 침대가 푹신해 보입니다. 아이 아빠가 방문을 열고 아이가 잘 자고 있나 들여다봅니다. 고양이도 따스한 노란 불빛도 같이 따라와 살핍니다.

'우리가 푹 잠들어 꿈속을 헤매고 있을 때에도 누군가는 말똥말똥 깨어서…'

'깨어서…'로 이어지는 이야기는 우리가 잠든 사이에 누군가는 깨어서 무슨 일을 하고 있다는 것을 말해주고 있습니다.

하루 종일 사람들을 실어 나른 버스와 지하철 객차를 소독하고 거리 청소를 합니다. 수많은 화물 트럭에 실은 꽃과 꽁꽁 언 소시지, 계란, 갓 구운 빵, 신선한 생선, 과일…, 아침이면 사람들이 사러 오는 물건을 실은 차들이 노란 불빛을 밝히고 산길을 지나고 언덕을 지나고 큰길로 쉬지 않고 달려 도시로 들어옵니다. 밤새 우편물을 분류하고, 빵 반죽을 만들고, 늦은 밤에도 누군가가 배고프지 않도록 카페가 문을 열고, 밤새 문을 여는 가게도 있습니다. 소방수들은 도움이 필요한 곳으로 달려가느라 밤을 잊고, 간호사는 아픈 사람을 돌보느라 밤을 잊었습니다. 누군가는 깨어 누군가를 위한 무엇인가를 합니다.

아기를 돌보는 장면에서는 멈추고 말았습니다. 까만 밤 집이 가득한 마을, 하나씩 불 켜진 방에 서성이는 어른의 모습이 보입니다. 밤중에 깨어나 우는 아기 기저귀를 갈아주고, 두세 시간마다 우유를 먹이고, 보채는 아이를 달래려 깨어있는 아이와 어른의 모습입니다.

"아기들이 아침까지 푹 자는 걸 배우려면 시간이 좀 걸리거든."

"그런데 엄마와 아빠가 잠을 충분히 못 자면 조금 날카로워질 때도 있어. 그쯤 되면 뭘 봐도 기분이 별로 안 좋아."

깊은 잠을 자지 못하고 늘 하품을 하면서 아기를 돌보던 시절이 생각나 눈이 촉촉해집니다. 항상 잠이 모자랐습니다. 하도 자지 않고 칭얼대며 힘들게 할 때 아이를 안고 달래다가 그만 침대에 내려놓은 적이 있습니다. 깜짝 놀라 아기를 다시 안고 생각 없는 행동을 자책하며 눈물이 났습니다. 아기들이 아침까지 푹 자는 걸

우리 사는 동안에 부에나도 지켜져도

배우려면 시간이 좀 걸리는 것을 몰랐습니다. 아기가 '배우고 있다'는 생각을 못했습니다. 왜 아기들은 낮에만 자고 밤에는 깨어서 힘들게 하는 것만 못마땅해 했지요. 꾸벅꾸벅 졸면서 아기에게 젖을 물리고 나면 나는 허기져서 머리맡에 있던 분유와 귤과 빵 쪼가리를 굶주린 여우처럼 허겁지겁 먹어 치우곤 했습니다.

가끔 아기가 힘들게 했지만 그래도 아기를 키우는 일은 신기하고 놀라운 일들의 연속이었습니다. 눈을 감고 자던 아기가 뱅삭뱅삭방긋방긋 웃고, 누워서 팔다리를 버둥거리기만 하던 아이가 뒤집어 기어 다니고, 어느 순간 무엇인가를 짚고 서고, 드디어 직립보행을 하는 인간이 되어 한 발자국 세상을 향해 내디딜 때, 지성귀기저귀 찬 궁둥이를 흔들며 다글다글아장아장 걸어와 품에 안길 때, 그 기적 같은 순간마다 우리는 박수를 치며 환호했습니다. 엄엄마, 따뚜요구르트, 마따기막대기… 같은 이상한 아기 나라 말들이 다 통역이 되는 신세계를 경험했습니다.

잠이 잘 오지 않을 때는 그 순간 열심히 일을 하는 사람들과 밤을 이기는 동물들을 생각하라고 합니다. 비로소 아침이 되어 지친 몸으로 돌아와 이불 속으로 들어간 이들은 기분 좋은 꿈들을 꿀 거란 이야기로 끝을 맺습니다. 사실 꿈조차 꾸지도 못할 정도로 잠에 빠져들지도 모릅니다.

전염의 시대에 우리를 위해 애쓰는 사람들을 생각하게 하는 이야기입니다. 나와 이웃을, 자연과 동물을, 다른 공간의 아이들까지 생각하게 합니다. 우리가 편안하게 잠들고 밤을 지낼 수 있는 것은 밤새낭밤새도록 움직이는 사람들, 그들이 지켜주고 우리 대신 무엇인가를 해 준 덕분입니다.

  단 몇 줄의 짧은 글로도 이렇게 훈훈한 마음이 되고 누군가를 돌아보고 감사하는 마음을 가지게 만듭니다. 좋은 책은 힘이 있습니다.

  밤이 오고, 뜻뜻ㅎ게따뜻하게 데워진 침대 속에서 푹신한 밤을 맞을 때, 누군가는 우리의 편안한 밤을 지키느라 온통 지새우고 있다는 사실. 그것을 잊어불민잊으면 안 되리라, 하면서도 하우염하품하면서 나는 그만 잠 속으로 빠져들고 맙니다.

우리 사는 동안에 부에나도 지꺼져도

손수건

국민학교에 입학할 때, 엄마 손을 잡고 운동장에 섰습니다. 엄마가 입은 비로드 치마가 내 얼굴을 스쳤습니다. 아버지와 선을 보라고 엄마를 꼬드기느라 할머니가 사 준 한복입니다. 엄마 치마를 쓸어 올리고 내릴 때마다 청보랏빛 색이 달라졌습니다.

나는 흰 블라우스 위에 일본 할망이 보내준 '후끄' 소매 없는 원피스를 입고 스타킹을 신었습니다. 가제손수건을 세로로 길게 접어서 가슴에 핀으로 꽂고 그 위에 이름표를 달고 있었습니다. 손수건은 코를 닦기도 했지만, 선배들에게 손수건을 매단 1학년 동생들을 잘 보살피라는 의미도 있었을 거예요.

"그땐 무사 경 코도 하영 흘려신디사, 아이들마다 코 닦은 폴 끝뎅이가 빈직빈직행 보기 싫었쭈게. 옷으로 닦으지 말렝허난 닌 코 안 무청 다녔쪄."

유난히 아이들이 코를 많이 흘렸고, 팔 끝 소맷부리로 코를 닦아 반짝거릴 정도였습니다. 엄마는 옷으로 코를 닦지 못하게 했습니다.

입학하고 얼마 지나지 않아 손수건을 내렸습니다. 나는 1학년 티가 나는 것이 싫었습니다. 이미 글을 알아 오빠 책도 읽을 줄 알았거든요.

돌다리 건너듯 훌쩍 자라 중 고등학생을 거쳐 대학에 갔고, 그리고 선생이 되었습니다. 핸드백 속에는 화장품과 작은 수첩과 볼펜, 그리고 늘 손수건이 들어 있었습니다. 손수건 사이에 향수 한 방울 떨어뜨리고 반듯하게 개어서 넣고 다녔습니다. 찻집에서 차를 마시고 그것을 꺼내 우아하게 쓰곤 했습니다.

어느 날 학교 공연에서 선배와 이중창으로 노래를 부르게 되었습니다.

"헤어지자 보내온 그녀의 편지 속에
곱게 접어 함께 부친 하얀 손수건~"

그 노래를 부를 때, 헤어진 연인이 보내온 봉투에서 접어진 흰 손수건을 꺼내 보는 한 남자의 슬픈 얼굴이 보이곤 했습니다. 자꾸 그 노래가 입안에 맴돌았습니다.

루마니아 관습에 "당신은 손수건이 있나요?"라고 묻는 것은 간접적인 애정의 표시라고 합니다. 그래서인지 루마니아 작가 헤르타 뮐러의 『숨그네』에는 슬픈 손수건이 나옵니다. 수용소에 있던 레오는 배고픔에 시달렸습니다. 아사 직전의 레오는 약간의 석탄을 가지고 음식을 바꾸려 어둠을 뚫고 한 러시아 여인에게 갑니다. 개처럼 수프를 먹는 레오에게 여인은 전쟁터로 떠난 자신의 아들을 생각하며 그에게 손수건을 줍니다. 흰 아마포에 장미꽃 수를 놓은 한 번도 사용하지 않은 손수건. 그는 울었습니다.

하지만 손수건으로 닦을 수가 없었습니다. 그 손수건은 설탕이나 소금 같은 것들로 바꿀 수도 있었지요. 배고픔에 눈이 멀었지만, 손수건을 지켰고, 유품처럼 트렁크에 모셔 집에 가져왔습니다. 그것은 손수건을 넘어서는 무엇이었습니다. 손수건이야말로 수용소에서 '그를 보살펴준 단 한 사람'이 된 것이었습니다. 그 손수건은 비인간적인 상황에서 다른 사람에게 갖는 조건 없는 연민의 증거였고, 그를 버티게 하는 힘이 되었던 것입니다.

딸이 어버이날 선물로 손수건을 선물했습니다. 작은 카네이션이 귀퉁이에 수놓아진 분홍색 손수건, 아빠에겐 파란색 손수건. 글도 새겨져 있었습니다.

"내 인생의 로또는 엄마야."

"내 인생의 로또는 아빠야."

그 손수건은 레오의 손수건만큼 절박한 사연은 없지만 소중한 의미를 갖게 합니다. 아직 서랍에 고이 모셔놓고 있습니다.

비 오는 날, 옥수수를 먹으며

　강원도에서 옥수수가 왔습니다. 빗물에 젖은 상자 안에 가지런히 놓인 옥수수가 따끈합니다. 이 더운 날씨에 이곳까지 오느라 애네도 땀이 났나 봅니다. 농장에서 일하고 있는 모습을 생각하니 미안해집니다. 이 더위에 온몸이 땀에 젖을 텐데… 고단한 땀방울이 그대로 옥수수 알이 된 것은 아닌지….

　껍질을 벗겼더니 옥수수수염이 몸에 착 달라붙어 있습니다. 다섯 개를 쪘습니다. 구수한 냄새를 풍기며 옥수수가 익었습니다. 그가 쩝쩝 두 개를 먹고, 내가 쩝쩝쩝 세 개를 먹었습니다. 옥수수는 비 오는 날 먹어야 제맛입니다.

　옥수수를 먹을 때마다 옥수수밭 옆에 아내를 묻고 왔다던 「접시꽃 당신」이 생각납니다. 그 시절, 접시꽃 당신의 순애보에 많은 이들이 울었지요. 그 시를 읽고서야 나는 접시꽃을 알았습니다. 접시꽃이 필 때마다 그 시는 내 마음에 떠다녔고, 옥수수밭에는 비가 내렸습니다.

　오늘처럼 비가 내리면 옥수수 이파리에 후드득 떨어지는 빗방울 소리가 들리는 것 같습니다. 미얀마에 갔을 때 지나던 옥수수밭이 떠오릅니다. 초원을 지나자 옥수수밭이 끝없이 펼쳐졌습니다. 정말 한 치 앞을 볼 수 없었습니다. 키 큰 옥수수 사이로 걸으며 영화 속 옥수수밭에서 벌어지는 일들을 떠올렸습니다. 은밀한 연애도 하고, 살인 사건도 일어나고, 누군가 옥수수 사이로 쫓고 쫓기기도 합니다. 바삭하게 마른 땅에 옥수수는 자랐으나 여문 옥수수는 보이지 않았습니다. 그날 저녁 비가 흠뻑 내려 옥수수가 목을 축인 것 같아 다행이었습니다.

어렸을 때, 학교에서 옥수수빵을 한 조각씩 급식으로 받던 때가 있었습니다. 미국이 보내준 원조 옥수수 가루로 만든 빵. 찰기가 없어 가루가 덜덜 떨어지는 원조의 맛은 그리 거칠었습니다. 그래도 아이들은 아끼면서 ㅎ꼼씩 뜯어먹다가 집에 가져가기도 했습니다. 선생님은 한 개씩 나누어 주다 남은 한 조각을 학예회 연습을 하는 내게만 두 개 주셨습니다. 그게 친구들에게 질투의 대상이 되었습니다. 공평하지 못했지요. 빵이 생겨도 지꺼지지 않았습니다. 남자아이와 함께 제주도에 대해 소개하는 프로그램이었습니다. 원피스를 입고 무대에 섰지만, 부치럼을 잘 타는 나는 공연을 하면서도 눈물이 고여 강당에 앉은 부모님들 얼굴이 얼룩져 보였습니다.

우리 집 우영팟듸 여름이면 기다란 잎을 펼치던 대죽사탕수수 옆으로 호박넝쿨이 돌담을 넘었습니다. 그곳에 우리가 사랑했던 강생이 해피를 묻었습니다. 잡종견인데도 반짝이는 눈과 다부진 입이 꼭 진돗개 같았던 부드러운 회색 털을 가진 해피. 동생이 막

걸음마를 시작했을 때, 해피도 몸집이 커졌습니다. 지나던 동네 어른이 동생 머리를 쓰다듬기라도 하면 으르렁대며 얼씬도 못하게 했습니다.

어느 날, 해피가 비틀거리며 입에 게끔거품을 부각이 물고 집으로 들어왔습니다.

"아이고, 해피가 중이약 먹어싱게. 살긴 글렀져….""

쥐약을 먹고 벌써 정신이 나간 해피를 보고 아버지가 혀를 찼습니다.

"어뜨난 그걸 먹어시니게. 원 아무거나 주서먹지 않허당 무슨 일이니게. 유채지름 멕이면 된댄 헹게마는….""

아무거나 주워 먹지 않는데 웬일이냐며 엄마가 혀를 찼습니다. 유채기름을 먹이면 된다는 말을 들었다면서 부엌으로 뛰어 들어가 식용유를 꺼내왔습니다. 해피 입을 벌려 기름을 먹였지만 부각거리며 뱉어버렸습니다. 목숨이 다하기 전에 식구들과 작별을 하러 온 것인지. 다리에 힘이 풀려 휘청거리면서도 꼿꼿한 자세로 꼴렝이를 흔들며 마당을 한 바퀴 돌더니 올레 밖으로 비틀비틀 걸어 나갔습니다. 우리는 해피를 따라갔습니다. 얼마 못 가 해피는 픽 쓰러졌습니다. 해피를 묻고 작은 십자가를 만들어 세웠습니다. 동생이 많이 울었습니다. 그 후로 우리는 개를 키우지 않았습니다. 사진 한 장으로 남은 영특한 개….

비가 더 세차게 내립니다. 옥수수 이파리에도 빗방울이 때리듯 떨어지고 있겠지요. 사돈님이 정성껏 보내주신 옥수수를 먹으며 접시꽃 당신을 생각하고, 옥수수밭을 걸었던 일도 떠올리고, 결코 맛이 없었던 옥수수빵을 생각합니다. 해마다 그랬던 것처럼 우영 팟 어염가에 해피 웃음을 닮은 호박꽃이 피었던 생각도 해보는 것입니다.

참 아름다운 선물

전염의 시대를 살아내느라 우리는 하루하루 힘겨워하고 있습니다. 지루하던 일상이 그리워지고 나약해진 이때, 주변에서 들리는 소소한 이야기에도 위로를 받게 됩니다. 어느 날 신문에 실린 작은 사연이 그랬습니다.

호주 퀸즐랜드에 사는 코로나 데브리스라는 여덟 살 아이는 좋아하는 만화영화 「토이스토리」에서 우디 목소리를 연기한 톰 행크스가 호주에서 격리 생활을 하는 것을 알게 되었습니다. 아이는 그에게 편지를 보냈습니다.

"코로나라는 이름 때문에 학교에서 '코로나 바이러스'라고 놀림을 당하고 있어요. 아이들이 그렇게 나를 부를 때는 슬프고 화가 나요."

여덟 살은, 이름을 갖고 놀리는 것이 존재의 이유를 따질 만큼 중대한 일이 될 수 있는 나이입니다. 나도 그만할 때쯤, 이름 때문에 속상했던 일이 있습니다. 아이들은 '설자' 대신 '앉을 자', '익

을 자'라고 불렀습니다. 담벼락에 남자아이 이름과 내 별명을 적
어놓기도 했습니다. 그게 너무 싫었습니다. 유나, 미령, 혜린 같은
도시적이고 세련된 이름이 가지고 싶어 아버지께 이름을 바꾸어
달라고 졸랐습니다.

"무사 이름이 맘에 안 들엄시냐? 니 난 때 오족 하영 눈이 와시
냐. 제주도에 혼 육십 년 만에 폭설이 내려시녜. 경허연 이름에
눈을 붙였쭈게. 눈ㄱ찌 희곡 고우난 얼마나 좋으냐?"

눈이 많이 왔을 때 태어나서 그런 이름을 짓게 된 내력을 들으
니 어느 정도 마음이 풀렸지만, 썩 좋아지지는 않았습니다.

"너는 내가 아는 사람 중 코로나라는 이름을 가진 유일한 사람
이야. 코로나는 태양 주위의 고리 혹은 왕관을 의미한단다…. 어
른에게 사용법을 물어보고 그 타자기로 다시 편지를 써 주길 바란
다…. 너는 내 친구야."

톰은 아이를 격려하는 답장과 함께 '코로나 타자기'를 선물로
보냈습니다. 타자기 애호가인 그가 사용하는 거라고 인스타그램에
올렸던 바로 그 타자기였습니다. 아이를 격려하는 대배우의 모습
이 감동입니다. 뜻밖의 편지와 소포를 받고 아이는 얼마나 기뻤을
까요. 환호성을 지르며 타자기를 누르자 자판이 벌떡 일어나는 것
을 보며 입이 벌어지는 아이 얼굴 위로, 타자기 앞에서 쩔쩔매던
내 젊은 시절이 보입니다.

초임교사일 때, 사무를 처리하느라 교육청으로 공문을 보내야 했습니다. 아이들을 가르치기만 하면 되는 줄 알았지, 타자 치고 공문을 보내야 하는 일은 생각해보지 않았습니다. 상업계 학생들은 타자, 주산, 부기가 필수 과목이었지만, 인문계 학교를 다닌 나는 타자기를 만져볼 기회가 없었습니다.

처음엔 당황하다가 시간이 흐르자 동그란 글쇠에 손가락을 가볍게 얹어 치는 요령을 익히게 되었습니다. 탁, 탁, 탁 독수리 타법으로 치던 소리가 타다닥 타다닥 제법 경쾌한 소리로 이어졌습니다. 활자들이 반달 모양으로 춤빗참빗살처럼 빼곡히 누워 있다가 키보드를 누를 때마다 뿅망치가 나오듯 벌떡 일어나 먹끈을 두들기면 하얀 종이에 작은 글씨가 새겨졌습니다.

다 쓴 종이를 촥~ 빼고, 새 종이를 끼워 손잡이를 빙글 돌린 후, 첫 자를 치기 전 흰 종이를 바라보는 일은 언제나 좋았습니다. 글자가 새겨지면서 활자들은 천수관음의 팔처럼 수없이 일어났다 누우며 바쁘게 움직였습니다. '타다닥 타다닥' 종이가 왼쪽으로 밀려갔습니다. 한 문장이 끝나고 나르개를 왼쪽으로 죽 밀어 다시 새 문장을 시작할 때마다 손에 힘이 갔습니다.

수신: 서귀포시교육장
참조: 초등교육과장
발신: 안덕국민학교장
　　　서귀포시교육청 ○○○(1985.0.00)호에 의거~

모두 퇴근하고 혼자 남은 교무실에 타자 치는 소리가 가득했습니다. 플리츠스커트 위에 두꺼운 벨트로 허리를 조여 매고 앉은 내 얼굴 위로 노을이 쏟아졌습니다. 타자 치는 손끝이 통통해지곤 했습니다.

타자기에 종이를 끼워 "안녕, 톰"이라고 자랑스럽게 쓴 편지 끝에, 타다닥 이름을 쓰는 어린 친구의 얼굴이 보입니다.
"당신은 내 친구예요."
"코로나로부터."
타자기에서 손을 떼면서 아이는 자기 이름에 자부심을 느끼지 않았을까요. 코로나라는 이름이 톰 행크스와 이어지게 한 마술 같은 이름이라는 것을, 코로나바이러스와 함께 사람들의 마음에 남아 있을 이름이라는 것을 알게 될 테니까요. 코로나 시대에 코로나에게 전해진 코로나 타자기. 그들은 많은 사람들에게 참 아름다운 선물을 했습니다.

아이를 놀리던 친구들을 집으로 데려와서 타자기를 보여주고, 만지게 하고 좀 뻐겼으면, 그랬으면 좋겠습니다.
"코로나 타자기라는 거야. 우디가 내게 보내준 선물이야."
"이거 쳐 봐도 돼?"
아이들은 타자기에 종이를 끼우고 이렇게 쓰지 않았을까요.
'코로나라고 놀려서 미안해.'
'너는 내 친구야.'

산책길에서

천두룽천둥 번개 치면서 폭우가 쏟아지더니 하늘이 맑습니다. 산책길 군데군데 고인 물을 피해 토끼뜀을 뛰듯 걷고 있습니다. 햇살에 반짝이는 나뭇잎 사이로 보이는 푸른 하늘에 흰 구름이 얇게 퍼졌다 모입니다. 강물 위로 쏟아지는 햇살에 일렁이는 물살이 반짝거립니다. 자전거를 타고 바람을 가르는 젊은이들, 강생이 산책을 시키는 여자, 트로트를 크게 틀고 걷는 남자, 검은 옷으로 온몸을 가리고 전사처럼 눈만 드러낸 여인, 손을 잡고 걷는 중년 부부, 한 손에 긴 우산을 들고 불편한 할머니의 손을 잡고 천천히 걷는 노부부…. 갈래머리 아이가 무지갯빛 비눗방울들을 바람이 날립니다. 레깅스를 입은 젊은 여자 둘이 깔깔거리는 소리가 하늘에 퍼집니다. 운동화를 신은 그들의 잘록한 발목이 경쾌합니다.

늘 걷는 길로 올라섭니다. 어릴 적 내가 걷던 오솔길과 닮은 길입니다. 봄이면 찔레꽃 피던 그 길처럼 여기도 꽃길이 이어집니다. 흰 싸리 꽃길을 지나면 노란 개나리 꽃길과 연분홍 철쭉 꽃길이 올봄에도 화사했습니다. 나무들 사이로 반짝이는 강물이 가득 눈

우리 사는 동안에 부에나도 지꺼져도

에 들어옵니다. 생이들이 이 가지 저 가지로 날아다니고 까치도 수선스럽습니다. 땅을 밟으며 걷는 기분. 상쾌한 공기가 온몸을 감싸면 나도 모르게 흥얼거리게 됩니다. 나는 그 길을 사랑합니다.

한참을 걸으면 작은 숲이 나옵니다. 산수유가 피고 벚꽃이 피고 목련이 피고 진 자리에 수수꽃다리 향기가 덮었던 곳입니다. 푸르른 잎들은 수명을 다하여 땅으로 내려올 준비를 하고 있습니다. 큰비가 훑고 지난 후, 뻘로 덮은 자리에는 어느 틈에 꼿꼿하게 고개를 세운 수크령이 가득합니다.

세상은 아우성이어도 자연은 무심히 가고 또 무심히 옵니다. 올 것은 오고야 맙니다. 걸으면서 어떤 생각들은 피어오르고 또 더러는 버리고, 또다시 채웁니다. 걸으면서 이기주의 『글의 품격』에 나오는 산책에 대한 글을 떠올립니다. 그도 가끔 노트북을 팽개쳐야 할 때가 오면 그때 동원하는 마지막 수단이 산책이라고 합니다.

산책은 나를 비우고 다시 채워 줍니다. 묵은 생각을 비우면 마음이 정돈되고 새로운 생각이 걸어 나옵니다. 청명한 가을 공기가, 비릿한 풀냄새가 온몸을 훑고 지나갑니다. 몸 안에 가라앉은 앙금을 씻어내고 푸른 하늘의 고요한 기운을 채웁니다.

나무를 올려다보니 잎 사이로 햇살이 골고루 퍼집니다. 나무들도 저들끼리 살아가는 방식이 있습니다. 빽빽한 숲 꼭대기에는 '수관기피' 현상이 있는데, 식물 공동체가 햇빛을 골고루 받기 위해 더 자라지 않는 현상이라고 합니다. 가능한 한 서로 기피하며 자라는 것은, 치열한 숲의 경쟁 속에서 상생하기 위한 전략이라고

합니다. 하늘을 서로 나누어 가지려고 남의 영역을 침범하지 않는
것이지요. 왕상한 잎 사이로 햇빛이 들어오게 틈을 내주고, 그늘
진 곳에 있는 작은 것들을 위해 하늘을 나누는 나무들의 마음에
감동하고 맙니다.

'말 못 허는 것들이렝 생각이 어시냐. 다 그것들이 주는 걸로
우리가 살아감시녜. 고마운 줄 알아사 되어.'

그런 울림이 들려옵니다.
느닷없이 다가온 전염병은 무서운 경고로 인간을 위축시키고
있습니다. 역설적이게도 그것은 문명으로 파괴된 자연을 회복시키
고 있습니다. 병들고 있는 지구를 살리려고 소리 없이 다가온 걸
까요. 하지만, 이 전염의 시대에 서로에게 관심이 멀어지는 것 같
아 아쉽습니다. 손잡기를 꺼리고, 안아줄 수 없으며, 얼굴을 맞대
고 식사할 수 없습니다. 우리는 언제 두려움 없이 낯선 곳으로 떠
날 수 있을까요.
돌아가는 길은 강가로 내려옵니다. 찰싹 찰싹 차알싹. 강물이
돌 틈을 감아 돕니다. 괜찮아, 괜찮아, 괜찮을 거야,

흐썰만 더 즌디라. 경허당 보민 다 지날 거여.

조금만 더 견디면 다 지날 거라고 다독이는 목소리로 들립니다.
어느새 해는 저녁 구름 속으로 들어가고 부드러운 복숭아 빛 노

우리 사는 동안에 부에나도 지꺼져도

을을 만듭니다. 「바닐라 스카이」. 시시각각으로 변하는 색채를 담은 모네의 그림들을 산책길에서 만납니다. 이토록 가까이에 그 그림이 있는 것을. 발견하는 삶은 새롭습니다.

　산책하면서 나는 조금씩 깊어지고 있습니다.

10년이면

    고향에 있는 동안 집에서 가져온 『알리와 니노』를 다 읽고 나니, 뭔가 읽을 책이 필요했습니다. 어머니가 읽던 책을 침대 아래 놓아둔 것이 떠올랐습니다. 종이 가방에 담아 놓은 책들을 한 권 한 권 꺼내 놓았습니다.

    "이거 어머니가 다 읽으셨어요?"

    "기여게. 눈 좋은 땐 ᄒ꼼씩 읽어시녜. 흔저 눈 좋아져사 니 쓴 책도 읽어볼 건디…."

    눈 좋은 때 조금씩 다 읽으셨답니다. 빨리 눈이 좋아져야 내 책도 읽어볼 거라고 하셨습니다. 어머니는 한 달 후, 백내장 수술이 예약되어 있습니다. 지난달에 가져온 내 수필집을 아직도 못 읽으셨다면서 눈이 밝아지길 기다리고 있었습니다. 읽어 드릴까요, 하려다가 참았습니다. 밝아진 두 눈으로 활자를 읽는 기쁨을 드리고 싶었습니다.

    종이 가방 속에는 『벌새 1,2』, 『숙향전』, 『덕혜옹주』도 네 권이

나 있었습니다. 맨 아래 오성찬이 쓴 석주명을 주인공으로 한 소설 『나비와 함께 날아가다』를 집었습니다.

석주명은 1943년 4월 경성제대 부설 생약연구소 제주도 시험장으로 자청 전근하여 2년 1개월 동안 제주의 나비를 조사 연구하였습니다. 그가 쓴 『제주 곤충상』, 『제주어 연구』, 『제주도 수필』, 『제주 생명보고서』 외에 여섯 권의 제주학 문서들은 이후 한국학 발전에 지대한 공헌을 하였습니다.

교대에 다닐 때, 나는 생물 연구반에 소속되어 있었습니다. 생물에 그다지 흥미가 없었으나 교수님과 야외로 나가 식물 공부를 하고 나비를 채집하러 들로 산으로 나가는 것은 언제나 신났습니다. 석주명의 후예들처럼 포충망과 채집통을 들고 화사한 봄날 숲으로 나가면, 배추흰나비, 심방나비호랑나비 들이 날아다녔습니다. 나비들을 잡아 사진도 찍고 날개가 다치지 않게 삼각지에 보관하는 법을 배우고, 내키지는 않았지만 통통한 몸에 핀을 꽂아 표본을 만드는 것도 배웠습니다.

나비는 애벌레일 때 더러 농산물에 해를 끼치기도 하지만, 성충이 되었을 때는 열매를 맺게 하는 이로운 곤충입니다. 특히 나비무리가 춤을 추는 모습은 보는 것만으로도 사람들의 마음을 기쁘게 합니다. 엄청난 나비떼를 본 적이 있습니다. 그 환상적인 광경을 잊을 수 없습니다.

조지아 우쉬굴리로 가는 길에 나비 떼들이 눈발처럼 날았습니다. 어디서 날아왔는지 온통 길에는 수천 송이 수국 꽃잎처럼 흰 나비 떼가 하늘 가득 날아다녔습니다. 여태까지 그렇게 많은 나비를 본 적이 없습니다. 산에서 내려온 물이 고인 곳에 흰나비들이 무리 지어 앉아 있다가 차가 다가가면 팔랑팔랑 날리는 꽃잎처럼, 함박눈처럼, 차창으로 달려들었습니다. 우쉬굴리를 지키는 나비 떼. 아름다움을 넘어 그곳이 영적으로 보였습니다.

　모교의 교사가 되고서도 석주명의 나비 사랑은 멈추지 않았습니다. 조국을 위해 일하고 싶었지만, 포부를 펼칠 수 없는 식민지 시절의 젊은이였습니다. 그를 아끼던 일본인 스승이 그것을 놓치지 않았습니다.

　"조선 나비의 연구는 아직 미답의 처녀 지대야. 내가 장담하지만, 자네가 덤비면 틀림없이 십 년 안에 조선 나비에 대한 체계적인 학자가 될 수 있을 걸세. 나비 연구 10년이면 돌에 자네 이름을 새길 수 있을 거야."

　그는 스승의 말을 마음에 새겼고 10년을 나비 연구에 열정을 바쳤습니다. 그의 발길이 조선 팔도에 미치지 않은 곳이 거의 없을 정도였지요. 그리하여 그는 세계가 놀랄 『한국산 접류 분포도』라는 걸작을 만들어냈습니다. 그것을 위해 8과 211종이나 되는 무려 201,367마리를 채집하여 조사하였습니다. 수십만 마리의 나비 표본을 만들고 『조선산 나비 총목록』을 만들어 세계적으로 명성을 떨칠 수 있었습니다. 드디어 젊은 날 마음에 새겼던 대로 곤충학 역사라는 돌에 그의 이름을 새길 수 있었습니다.

　석주명이 10년 동안 나비 연구에 바친 시간은 3,650일, 87,600시간. 하루 6시간 잠자는 시간을 빼면, 65,700시간, 2,737일, 7년 반의 기간을 어떤 한 가지 일에 몰두했다는 의미입니다. 10년은 그런 시간입니다.

일현 선생님이 글쓰기를 가르치실 때도 늘 10년을 강조하셨습니다.

"10년을 쓰면 너만의 창으로 세상을 바라볼 수 있을 것이야. 세상을 보는 눈을 얻을 게야."

글이 잘 되지 않을 때마다, 선생님의 말씀을 핑계로 삼아 스스로에게 변명처럼 둘러댑니다.

'아직 10년이 안 되었어.'

글을 쓰기 시작한 지, 10년 시간의 강물 중에 어느덧 9할의 지점에 와 있습니다. 마침내 글쓰기의 강물을 노 저어 세상을 바라보는 성찰의 바탕에 닿을 수 있을까요. 세상을 보는 '나만의 창'을 얻을 수 있을까요.

10년으로는 어림도 없어 보입니다.

새벽 강에서 해돋이를

　더워지고서부터 우리 부부는 새벽 산책을 합니다. 서늘한 새벽 길을 걷다 보면 잠이 다 깨고 상쾌함이 몸속으로 들어옵니다. 한 강변을 따라 걷다가 잠실대교 위 조망대로 갑니다. 처음에는 차 소리가 신경 쓰였지만, 시원한 강바람이 불어오면 그 소리도 견딜 수 있습니다.

　조망대에는 한 어르신이 계십니다. 카메라 가방을 자전거에 싣고 와서 늘 그 자리에 삼각대를 펼치고 촬영 준비를 하고 있습니다. 인사를 했더니 말을 걸어오십니다.

　"사진 찍은 지 벌써 40년이 되었어요."

　"대단하시네요. 좋은 샷 건지셨어요?"

　"오늘은 바람이 불어 물결이 흔들리네요. 그러면 해기둥이 예쁘지 않거든요."

　어르신은 카메라를 잡고 찍었던 사진을 그에게 보여줍니다. 물결이 흔들리는 해기둥이 나는 더 근사하던데.

　우리는 다음 조망대로 갑니다. 라디오에서 나오는 노래에 맞춰 스트레칭을 합니다. 다리 운동, 팔운동, 목 운동에 이어 전신운동까지 하면 땀으로 옷이 흠뻑 젖어 있습니다. 잠시 조망대에 기대어 강을 바라봅니다. 온몸으로 시원한 강바람이 스며듭니다.

일시에 가로등이 꺼지고 온 세상이 정적 속에 잠깁니다. 사물의 실루엣이 자연광으로 분명해지는 시간. 비로소 사물들이 제 모습으로 기지개를 켭니다. 누군가 '현대 도시에선 어둠이 죽었다'고 하던데. '어둠이 죽은' 도시에서 사물들은 제 빛을 찾습니다.

그때 익숙한 노래가 흘러나옵니다. 낸시 시나트라가 리 헤이즐우드와 부른 대학생 때 참 좋아했던 노래. 여름이면 꼭 들리는 노래입니다. 새벽 강 위에서 그 노래를 들으며 입속에 고이지 않으면 이상한 일입니다.

"음 ~~~ 섬머 와인~"

Strawberries, cherries and an angel's kiss in spring
My summer wine is really made from all these things
I walked in town on silver spurs that jingled to....

노래를 들어서 그럴까요. 강물을 계속 바라보고 있으니 기분이 가라앉습니다.

하늘이 점점 붉어지며 기막힌 광경이 펼쳐집니다. 강 건너 롯데타워 위까지 온통 붉은 하늘입니다. 드디어 해가 떠오릅니다. 몇천 년 동안 저렇게 떠올랐을 태양. 웅장한 해돋이에 심장이 멎을 듯합니다. 그런 순간에 어떤 사람들은 영원히 살리라 느낀다고 합니다. 강물 위로 흔들리는 해기둥이 생기고 물결이 반짝거립니다. 올림픽 대교의 부챗살 철빔을 넘어 떠오르는 해돋이는 장엄합니다. 문득 사막에서의 일출이 떠오릅니다.

깜깜한 새벽에 람세스 신전이 있는 아부심벨로 가고 있었습니다. 차창 밖으로 끝없이 사막이 펼쳐져 있었습니다. 밀이 자라는 농장으로 만들려던 무바라크 대통령의 무모한 계획이 실패로 돌아갔다는 그곳. 삭막하다 못해 사막이 된 곳. 바삭하게 마른 땅 너머 여명 속에 점점 하늘이 밝아졌습니다. 사막에서 일출을 보면 행운이 온다고 합니다. 하늘이 조금씩 붉어지더니 해가 둥그렇게 솟아올랐습니다. 광활한 사막에 퍼지는 오렌지빛 해돋이. 어둠에 싸여 있던 사막은 메마른 모습을 드러냈습니다. 순식간에 이글거리는 태양은 지평선 위로 올라왔고, 저 멀리 신기루가 보인 것도 같았습니다. 행운이 온 게 맞았습니다.

고향집에서 뜨던 해도 장엄했습니다. 올라오다가 항아리 모양으로 뚝 떨어져 둥그렇게 하늘로 오르는 바다 위 해돋이는 아니지만, 깨어보면 당산 옆으로 붉은 해가 떠올랐습니다. 둥실 떠오른 해는 보리밭을 건너 오솔길을 건너 내 방으로 밀고 들어왔습니다. 내 방 안 가득 갈기를 부려 놓고 나를 즈글리며간질이며 깨웠습니다.

"내가 나온 지 어느 철년인디 아직도 줌 깨지 못함시니. 뭉케지 말앙 흔저 옷 입엉 학교 가라."

해 뜬 지가 언제인데 아직도 일어나지 않았느냐고, 뭉그적거리지 말고 얼른 학교 가라는 잔소리를 해대는 것 같았습니다. 눈 비비며 일어나보니 엄마가 깨우는 소리였습니다. 세수를 할 때는 마당 위에 있다가 가방을 들고 집을 나설 때, 내 등 뒤에서 따뜻하게 밀어주곤 했습니다.

　지금도 사막에는 그날처럼 해가 뜨고, 고향집에도 어렸을 적 그 해가 떠오를 것입니다. 매일 새로 태어나는 아침. 강물 위를 넘어 온 시원한 공기를 맞으며 방금 태어난 장엄한 해를 보러 오늘도 나는 여기에 서 있습니다.

아낌없이 주는 나무

고향집 뒤뜰에 감낭은 내가 태어나기 전이부터 이서시난 촘 오래된 낭인디 예, 지붕 우티 넘는 키에 왕상헌 가지를 뽐내는 유지 낭도 있주만, 난 예, 감낭이 더 조읍디다게.

감낭 바로 ㅈ끗디 내 방이 이서신디 예. 생이 소리영 ㄱ찌 봄이 왔수게. 감고장 피민 창문 넘엉 진흔 감꼿 향기도 넘어 오곡 예. 낭강알에 감고장 떨어지민 마카로니가 ㅅ아진 것추룩 족고 연노란 별고장이 ㅅ복헹 예, 조침안장 주섯수게. 그걸로 들코롬흔 꿀도 뺄아먹곡 감고장 목걸이 만들엉 놀아신디 예.

아부지가 감낭 벨라진 가쟁이에 땅땅한 널빤데기 페와 주난, 엄마가 헌 담요를 꼴아 줍디다게. 경허민 거긴 예 우리들만의 여름 궁전이었주 마씸. 동생이영 거기서 지슬 친 거 먹으멍 숙제 허곡 소나기 ㅅ아지민 우산 썽 하늘 보멍 여름 동안 지냈수게. 누우민 온통 하늘이 내 품더레 들어와서 예.

재열소리 ᄒ꼼씩 ᄌ자들민, 어그래 태풍이 왕 감을 떨어지게
해붑니께. 그 시퍼렁헌 감을 소금물에 ᄃ갔당 심심헌 때 간식거리
허곡, 감물 들일 때 쪼랍진 맛 빠진 ᄆ랑헌 감씬 마시멜로 닮앙
예. 손에 주성 먹었수게. 늦가을에 감 땅 보리 항아리에 묻어두민
겨울 내낭 ᄃ코롬헌 홍시가 됩니께.

제법 감이 요물민 엄마가 광목으로 만든 몸뻬영 아부지 갈중의
요라 벌에 감물 들였수게. 큰 고무다라에 퍼런 감 쪼갱 뺀슨 걸
옷에 뭉청 감물 스며들게 잘 주물렁, 감 쭈시 털어내곡, 뱉 좋은
마당에 널엉 일주일 넘게 ᄆ립니께.

퍼렁허게 감물 든 옷은 벳 맞앙 ᄎᄎ 갈옷 색이 납니다. 갈옷은
처음인 버닥지당 입을수록 ᄂ룻해집니다. 질기곡 술에 ᄃ라붙지
안헹 간드랑 ᄒ영 여름철 밧일에 딱입주마씸. 부모님은 여름 내낭
갈옷 입엉 밧듸 넹겼수게. 그 갈옷 힘으로 우리도 컸주 마씸.

요새 보난 갈중의도 조은 천에 감물 들영 비싸게 ᄑ는 특별헌
옷이 되었주만 난 갈옷 보민 예, 고갤 돌려져 마씸. 아명 질 조텡
해도 그 옷만 보민 고단헌 노동복으로밖에 보이지 않아마씸. 갈옷
입엉 한여름 불벳더위 맞으멍 파도 파도 어서지지 안허는 여뀌영
쒜비늠 대우리 ᄀ튼 검질 매곡 부모님 고생허멍 사는 거 보영 예,
그 옷에 고생이 드랑드랑 ᄃ아져 이신 것만 같아마씸.

작박 우티 그늘에 앉앙 늦은 점심으로 풀고치영 자리구운 거 멧
마리영, 된장 풀엉 만든 물외국 ᄒ 적 드르쌍 또 일허던 엄마 아

부지. 뚬 낭 젖은 갈옷보단 더 그슬린 아부지 얼굴이영, 손콥 트멍에 흙ㄱ루 어서질 날 어시 에약에약 갈라진 손이영, 갈옷 새로 버짐 난 것추룩 볼침어시 거뭇거뭇헌 어멍 모가지영. 고생헌 것이 희영ㅎ 광목에 녹아들엉 경 되실 거라 예.

감낭도 속상헐 때가 이섯수다게. 멩질 다가오민 동네 사름들이 추렴허젱 슬찐 도세기 끄성 왕, 사대기낭에 묶엉 추렴헐 땐 예, 무사 우리 집 낭에서 해신디사, ㅎ 멧 년 동안 경해실 거우다. 그 땐 집이 큰 낭 이신 거 막 원망했수게.

도세기 모가지에 밧줄 감은 거 대왓 ㅈ꼿디 사대기낭 젤 높은 가쟁이에 둘아메민 도세긴 버둥거리멍 ㅅ못 동네가 다 떠나가게 떼울렀수게. 누게산디 도세기 귓구녕이영 콧구녕에 담배 끼웡 동네 어른들은 양, 그거 우스왕 헙디다게. 무신 축제추룩 죽는 거 희화화허는게 당연허게 생각해신디사.

난 방안에 있당 도세기 떼울르는 소리 나민 귀 틀어막앙 이섯수게. ㅎ창 난리난 것추룩 허당 줌줌해지민 보리낭께기 불 붙영 도세기털 그슬렸수게. 터럭 그슬리는 냄샌 또 어펭사 지독헌지. 터럭 타는 노린내가 오장을 뒛사놉디다게. 그슬리멍 도세긴 또 ㅎ 번 죽주마씸. 어른들 중에 제라진 도감 어른이 그슬린 터럭 벳겨내영 이레 저레 썰엉 궤기 나눕니께. 그걸로 멩질 음식 했수게.

게난 사대기낭 ㅈ꼿디 이신 감낭은 멫 년 동안 도세기 제물로

우리 사는 동안에 부에나도 지꺼져도

추렴허는 걸 봐사 되난 아명 말 못허는 거주만 축 늘어정 죽은 도세기 보는 것도 춤 그것도 못헐 짓이엇수다게.

이번에 고향에 가지난, 오랜만에 감낭을 춘춘이 보난 예, 껍질이 꼭 피부병 걸린 것 추룩 벗겨지고 뿔리가 모가지 쇄골추룩 땅우티 드러낭 이십디다게. 이제사 그냥 사도 손 닿는 곳듸 이신 판떼기 여름 궁전. 이젠 ㄱ찌 놀아줄 어린 아이도 엇곡, 털어진 감도 두루쌍 내붑니다게. 어떵허당 생이덜이나 까마귀 배 채우는 걸로 쓰젱 멧 개 낭에 둘앙 나두주마씸. 써넝헌 디 바삭헌 감낭 썹들만 낭 강알에 둥글엄십디다게.

우리 서 오누이 태어낭 컹 이젠 짝들 만낭 떠나는 거 고개 수그령 지켜 본 늙어가는 감낭 보단 보난, 엄마 아부지 얼굴이 거기 걸령 이십디다게. 펭생 갈옷 입엉 일만 ㅎ던 부모님은 ㅈ식들안티 청춘 다 바쪄부난 술 다 트더먹엉 꽝만 남은 갈치추룩 이젠 늘근 육신이영 ㅎ근디 아픈 것만 남앙 이성 예, 때 되엉 감고장 피곡 지를 내 주던 감낭추룩 우리 엄마 아부지 큰 그늘도 내동 ㄱ찌 헐 줄 알아신디 예. 그 그늘 쭈그라드는 것도 몰르곡 해가 달라마씸. 아끼지 안헹 다 주당 보난 쇄골추룩 올라온 낭 둥치마저도 ㅈ식들안티 내 주는 것도 모르곡 예, 새끼들이 소용 엇수다게.

누게가 나이 들어가는 건 늘거지는 것이 아니랑 완성되는 거렝 협디다만은 아픈 어멍은 완성되는 게 아니곡 소멸하고 계신거우다게. 어느 날부터 눈빛이 흐릿해지당 이젠 오목거는 것도 뜻대로

허지 못허곡 누게가 도와줘사 허난, 그림자ㄱ찌 ᄌᆞ끗디서 엄마 보
살핀 아버진 애가 끊차졈수다게.

　ᄉᆞ랑하는 누게가 ᄒᆞ꼼씩 ᄒᆞ꼼씩 무너지는 걸 지켜보는 거 예,
세상에서 젤 힘든 일이우다게.

우리 사는 동안에 부에나도 지꺼져도

아낌없이 주는 나무

고향집 뒤뜰에 감나무는 내가 태어나기 전부터 있었으니 참 오래된 나무예요. 지붕 위를 넘는 키에 많은 가지를 뽐내는 유자나무도 있지만 나는 감나무가 더 좋았습니다.

감나무 바로 옆에 내 방이 있었는데요. 참새 소리와 함께 봄이 왔거든요. 감꽃 피면 창문 너머 진한 감꽃 향기도 넘어오고요. 나무 아래 감꽃 떨어지면 마카로니가 쏟아진 것처럼 작고 연노란 별꽃이 가득해서 꼬부려 앉아 주웠어요. 그걸로 달콤한 꿀도 빨아먹고 감꽃 목걸이 만들고 놀았지요.

아버지가 감나무 갈라진 가지에 딴딴한 널판지를 얹어 주면, 엄마가 헌 담요를 깔아 줬어요. 그러면 거기는 우리들만의 여름 궁전이었어요. 동생이랑 거기서 삶은 감자를 먹으며 숙제도 하고 소나기 쏟아지면 우산 쓰고 하늘 보면서 여름 동안 지냈지요. 누우면 온통 하늘이 내 품 안으로 들어왔지요.

매미 소리가 조금씩 잦아들면, 곧이어 태풍이 와 감을 떨어지게 해요. 그 시퍼런 풋감을 소금물에 담갔다가 심심할 때 간식거리로 하고, 감물 들일 때 떫은맛이 빠진 말랑한 감씨는 마시멜로 같아요. 손에 쥐고 다니며 먹었습니다. 늦가을에 감을 따서 보리 항아리에 묻어두면 겨울 내내 달콤한 홍시가 되지요.

제법 감이 여물면 엄마가 광목으로 만든 아버지 일복 여러 벌에 감물을 들였지요. 큰 고무다라에 굵은 풋 감을 쪼개 빻은 걸 옷에 뭉쳐 감물이 스며들게 잘 주무르고, 감 찌꺼기 털어내어 볕 좋은 마당에 널어 일주일 넘게 말립니다.

파랗게 감물 든 옷은 볕 맞고 차차 갈옷 색이 난답니다. 갈옷은 처음엔 거칠다가 입을수록 부드러워집니다. 질기고 살에 달라붙지 않아 시원하여 여름철 농사일에 딱이예요. 부모님은 여름 내내 갈옷을 입고 밭에 다녔지요. 그 갈옷 힘으로 우리도 컸고요.

요즘 보니 갈옷도 좋은 천에 감물 들여 비싸게 파는 특별한 옷이 되었지만 난 갈옷을 보면 고갤 돌리지요. 아무리 질이 좋다고 해도 그 옷만 보면 고단한 노동복으로밖에 보이지 않아요. 갈옷 입고 한여름 불볕더위에 뽑아내고 또 뽑아도 없어지지 않는 여뀌, 쇠비름 대우리 같은 것들을 김매고 일하는 부모님. 고생하면서 사는 것이 보여서, 그 옷에 고생이 주렁주렁 매달려 있는 것만 같아요.

작박 위 그늘에 앉아 늦은 점심으로 풋고추와 자리 구이 몇 마리, 된장 풀어 만든 오이냉국 한 숟가락 들이키고 또 일하던 어머

우리 사는 동안에 부에나도 지껴져도

니 아버지. 땀이 나 젖은 갈옷보다 더 그을린 아버지 얼굴이며 손톱 틈에 흙가루 없어질 날 없이 갈래갈래 갈라진 손이며, 갈옷 사이로 버짐처럼 거뭇거뭇한 엄마 목이며, 고생한 것이 흰 광목에 녹아들어 그렇게 되었을지도요.

감나무도 속상할 때가 있었어요. 명절이 다가오면 동네 사람들이 추렴하려고 살찐 돼지를 끌고 와 생달나무에 묶어 추렴할 때는 왜 우리 집 나무에서 하는지 몇 년 동안 그렇게 했어요. 그때는 큰 나무가 있는 게 막 원망스러웠어요.

돼지 목에 밧줄 감은 거 대밭 옆 생달나무 제일 튼튼한 가지에 매달면 돼지는 버둥거리며 동네가 다 떠나가게 비명을 질렀지요. 돼지 귓구멍과 콧구멍에 담배 끼우고 동네 어른들은 그것을 웃으며 무슨 축제처럼 죽음을 희화화하였지요.

난 방안에 있다가 돼지 멱따는 소리가 들리면 귀를 틀어막고 있었지요. 한창 난리가 난 것처럼 하다가 잠잠해지면 보릿대로 불 피워서 돼지를 그을렸지요. 돼지털 그을리는 냄새는 어떻게나 지독한지 털 타는 노린내가 오장을 뒤집어 놓지요. 그을리면서 돼지는 또 한 번 죽고요. 어른들 중에 실력 좋은 도감 어른이 그을린 털을 벗겨 내고 이리저리 썰어 고기를 나누지요. 그것으로 명절 음식을 했고요.

그러니 생달나무 옆에 있는 감나무는 몇 년 동안이나 돼지 제물로 추렴하는 걸 봐야 되니 아무리 말 못 하는 거지만 축 늘어져 죽은 돼지 보는 것도 참 못할 짓이었지요.

이번에 고향에 갔을 때, 오랜만에 감나무를 찬찬히 보니, 껍질이 피부병 걸린 것처럼 벗겨지고 뿌리가 쇄골처럼 땅 위에 드러나 있었어요. 이제야 그냥 서도 손 닿는 곳에 있는 판자 여름 궁전. 이제는 같이 놀아줄 어린아이도 없고, 떨어진 감도 그냥 둡니다. 어쩌다 참새나 까마귀밥으로 몇 개 나무에 달린 채 두지요. 차가운 데 바삭한 감나무 이파리들만 나무 아래 뒹굴고 있었지요.

우리 세 오누이 태어나고 자라 이제는 짝들 만나 떠나는 것 고개 숙여 지켜본 늙어가는 감나무를 보니, 어머니 아버지 얼굴이 거기 걸려 있었어요. 평생 갈옷 입고 일만 하던 부모님은 자식들에게 청춘 다 바쳐버리고 살 다 발라먹고 뼈만 남은 갈치처럼 늙은 육신과 여기저기 아픈 것만 남아 있었지요. 때 되어 감꽃 피면 저를 다 내주던 감나무처럼 우리 부모님의 큰 그늘도 늘 같이 할 줄 알았는데. 그 그늘이 해가 다르게 쪼그라드는 것도 모르고. 아낌없이 주고, 쇄골 같은 둥치마저도 자식들에게 내주는 것도 모르고요. 자식들 소용없어요.

누군가 나이 들어가는 건 늙어지는 것이라고 하지만, 아픈 엄마는 완성되는 것이 아니라 소멸하고 계신 것입니다. 어느 날부터 눈빛이 흐릿해지더니 이제는 움직이는 것조차 뜻대로 하지 못하고 누가 도와줘야 하니, 그림자같이 곁에서 엄마 보살핀 아버지는 애가 끊어지지요.

　사랑하는 누군가 조금씩 무너지는 걸 지켜보는 일이 세상에서
제일 힘든 일입니다.

내 인생의 여행가방

　박완서의 여행 산문집 『잃어버린 여행가방』을 읽었습니다. 나는 그보다 한참 늦깎이로 글을 쓰기 시작했습니다. 그는 설거지를 하다가도 생각이 나면 앞치마 주머니에서 종이와 연필을 꺼내서 썼다고 합니다. 그 일을 생각하며 나도 따뜻한 글을 쓰겠다는 말을 문학상 소감으로 말한 적이 있습니다. 그의 글을 읽으면 소박해집니다. 욕심도 내려놓고, 순리대로 살다가 가리, 하는 마음이 일어납니다.

　여러 글들 중에 잃어버린 가방에 대한 이야기가 기억에 남았습니다. 유럽과 인도를 여행하고 귀국했는데, 그의 가방만 오지 않았습니다. 항공사에서는 일정 기간이 지나면 주인 없는 짐을 경매로 내놓는다고 합니다. 누군가에게 갔을 가방. 속을 드러내고 싶지 않은 내밀한 치부를 들킨 마음을 쓴 글입니다.

　내 인생의 가방. 담고 가야 할 가방이 아니라 남겨지는 가방. 그 안에 무엇을 담을 것인지 생각하게 했습니다. 남루한 대로, 만족한 대로, 가슴이 아프고, 억울하더라도, 화나고 분한 것들이어도, 내가 골라 담을 수 있는 가방이 아닙니다. 내가 어떻게 살았느냐에 따라 인생 가방의 부피도, 색깔도 달라질 것입니다.

내가 안고 가야 할 짐. 천지 분간을 못할 몹쓸 병이라도 온다면, 가방 안에 꼭꼭 개어 놓았던 것들이 튀어나와 사랑하는 사람들에게 상처를 주게 될까 봐 그것이 걱정스럽습니다. 루프트한자 항공사의 가방 경매처럼 만천하에 펼쳐질 때, 내 인생 가방을 남김없이 열어 다 보여주어도 부끄럽지 않는 게부뚜룽^{흔가벼운} 가방이었으면 좋겠습니다.

지난번 문학행사가 있었지만 뵙지 못했기에 제주에 계신 오 선생님과 통화를 했습니다. 그동안 해오던 성당 일과 오름 지킴이 봉사가 끝나서 병원 환자들을 위한 봉사활동을 시작하셨답니다.

"죽엉 강 굴을 말은 이서야 될 거 아니가? 강 무시거 내 놀 거니?"

죽고 나서 할 말은 있어야 하기에, 내놓을 그 무엇을 위해 봉사하신다는 말씀을 들으니 숙연해졌습니다. 성심을 다하여 노년을 맞을 준비를 하는 선생님은 이미 인생 가방을 불룩하게 채워놓으신 듯합니다.

진관사 나가원에 있는 주련에는 이런 말이 새겨져 있습니다.

처세약무호말선 處世若無毫末善
사장하물답명후 死將何物答冥候

세상 살아감에 작은 일까지 최선을 다하지 못한다면
장차 죽은 다음 염라대왕의 물음에 무엇으로 대답하리

살아감에 있어 작은 일까지 최선을 다하고 있는 것일까, 그저 내 마음이 흐르는 대로 살면서 합리화를 하는 것은 아닐까. 매일의 삶을 아끼면서 작은 것에도 내 정성이 닿을 수 있기를 바라지만, 자꾸만 미루고 외면하게 됩니다.

나중에 영원으로 가는 입구에서 판정관이, 살아 있는 동안 무엇을 담고 왔느냐, 라고 물을 때 난 뭐렝뭐라고 굴으코말할까. 대답할 말은 있어야 하기에, 내놓을 무엇인가 있어야 하기에, 그러기 위해 매일 깨어있기로 했습니다.

나가며

당신은 제주어를 살리셨습니다

"힘들었지예, 글 읽젱 허난."

　사투리를 쓰지 않으려고 했습니다. 세련된 서울말로 '닝끼리고' 싶었습니다. 그런데 세월이 흐를수록 제주어가 입에서 새어 나왔습니다. 아, 잊은 것이 아니었구나. 내 정신 속에 깊이 기억하고 있었습니다. 문득 떠오른 말에 혼자 웃기도 하고, 그 말이 데려오는 이야기들로 아련해지기도 했습니다. 잊었던 말이 생각날 때마다 오래전에 입었던 옷 게와쏙호주머니에서 잃어버린 물건을 찾아낸 것처럼 반가웠습니다.

　그럼에도 이야기 속에 제주어를 자연스럽게 풀어놓는 일은 쉽지 않았습니다. 얼마나 제주어를 드러낼 것인지, 독자들이 얼마나 이해할 수 있을지, 표준어와 제주어 사이에 간격을 메꾸는 일이 어려웠습니다. 같은 의미라 할지라도 표준어와 토속어의 기표와 기의가 다른 어휘들이 많은 탓도 있었습니다. 가령 '요부룩ᄉ부룩' 같은 말은 '이리저리, 요렇게 저렇게, 자기에게 이롭게 어떻게든 요령 있게'라는 의미지만, 표준어로 옮긴다 한들 그 말이 가진 완전한 분위기, 말맛을 다 전달할 수가 없기 때문입니다.

써놓고 보니, 내 삶의 조각들을 숟가락으로 야금야금 파먹는 지극히 개인적인 이야기가 되고 말았습니다. 하지만, 글을 쓰며 뿌듯했습니다. 어딘가 갇혀 봉인되었던 말들을 풀어주고 살아 숨 쉬게 한 것 같아 기뻤습니다.

아무리 좋은 글이어도 독자가 외면하는 글은 죽은 글입니다. 독자가 이해할 수 있도록 고심하며 썼지만, 글을 읽어내기가 녹록하지 않았을 것입니다. 책을 읽고 한마디라도 입에 남는다면 당신은 제주어에 생명을 주신 것입니다. 읽어주셔서 고맙습니다.

고향 말을 도와준 친구들, 이야기를 제공해주신 분들, 애정 어린 조언을 해 주는 민애, 수라모의 은산 글리 산국님, 고맙습니다. 기꺼이 표사를 보내주신 현순영 문학평론가, 김사경 작가, 한기팔 시인, 언제나 따뜻한 관심으로 격려해주시는 오인순 선생님, 나기철 시인, 박종금 선생님, 손광성 선생님, 즛굿디서 아낌없는 응원을 해주는 사랑하는 가족과 부모님께 크나큰 고마움을 전합니다. 제주어 에세이를 묶는 것은 의미 있는 일이라며 책이 세상에 나올 수 있도록 적극적으로 밀어주신 도서출판 푸른향기 한효정 대표님. 고맙습니다.
좋은 이야기로 다시 만나고 싶습니다.

2021년 11월
오 설 자